LÉON GRANDET

L'ENRAGÉ

POËME

PARIS

ALPHONSE LEMERRE, ÉDITEUR

27-29, PASSAGE CHOISEUL, 27-29

1873

L'ENRAGÉ

POÈME

LÉON GRANDET

L'ENRAGÉ

POËME

PARIS

ALPHONSE LEMERRE, ÉDITEUR

27-29, PASSAGE CHOISEUL, 27-29

1873

I

LA MARQUISE DE ✱✱✱

ELLE avait, ce jour-là, sa robe de barége,
Et dans le parc, à l'ombre, assise au bord de l'eau,
Sous les vieux marronniers de l'antique château,
Feuilletait d'une main blanche comme la neige
Un livre, — pour le moins quelque roman nouveau.
C'était un de ces jours tout pleins de somnolence,
Un de ces jours d'été, de torpeur, d'indolence,
Où rien, même l'amour, n'éveillerait un cœur;
Où l'être tout entier se fond en nonchalance;

Où tout effort d'esprit vous lasse, où la langueur
De la terre au ciel bleu plane avec le silence...
Cependant dans l'allée et sur le sable d'or
Mirza — (madame ainsi désignait sa levrette,
Un très-noble animal) — jouait avec Médor,
L'épagneul de monsieur. Mais leur lutte discrète
Ne troublait nullement madame dans son coin,
Si bien que dans le parc on n'entendait au loin,
A travers la forêt verdoyante et muette,
Que le chant du ruisseau sur sa pente entraîné,
Le vol effarouché des oiseaux dans les branches,
Et, quand sa main errait parmi les pages blanches,
Le bruit sec d'un feuillet vivement retourné.

Quel est l'heureux auteur, romancier ou poëte,
Dont le livre est froissé par d'aussi jolis doigts?
Car c'est pour ces doigts-là, c'est pour eux seuls qu'est faite
L'œuvre où notre cerveau se morfond quelquefois !
C'est pour eux qu'entassant merveilles sur merveilles
Et pâlissant nos fronts dans l'étude et les veilles,
Nous avons abjuré l'amour et sa douceur;
Et pour que la lectrice aimable et désœuvrée,
Un matin, sous sa main trouvant l'œuvre égarée,
La parcoure en rêvant à son dernier valseur;
Et que, le soir venu, d'une vague prunelle

Considérant le titre et le livre fermé,
Elle dise, songeant à sa robe nouvelle :
« Ce héros est charmant, et je l'aurais aimé. »
Quant à vous qui n'avez qu'ironie à la bouche,
Hommes au front jauni comme les parchemins,
Aux doigts maculés d'encre, au regard triste et louche,
Critiques et rhéteurs, race en tout temps farouche,
Je plains le pauvre auteur qui tombe dans vos mains !
Au moins sachez qu'ici ce n'est plus votre affaire :
A vouloir critiquer les erreurs, les faux pas,
Le style, et cætera, vous auriez trop à faire.
Ce sont choses de cœur que vous n'entendez pas.

Tout à coup la marquise, en relevant la tête,
Eut devant ses regards un tel spectacle affreux
Que son livre en roula sur le gazon poudreux.
C'est qu'en effet Médor, poursuivant la levrette
Et l'enlaçant de bonds et de circuits joyeux,
Avait si bien tourné la tête à la pauvrette,
Que tous deux, dans l'allée et sur le sable fin,
Semblaient à leurs désirs près de céder enfin.

Madame à cette idée eut une peur mortelle.
« Holà ! Jean, Mathurin, François ! s'écria-t-elle,
Accourez !.. A-t-on vu chien se gêner si peu !

Médor, finirez-vous !... Ici, Mirza, ma belle !..
Au secours, venez tous !.. à l'aide ! au meurtre ! au feu ! »

Et soudain du château, du parc, des écuries,
Tous armés de bâtons, accourant à sa voix,
Grooms, laquais et cochers, ainsi que des furies,
Sur le dos de Médor tombèrent à la fois.
De coups et de jurons, et de cris de détresse
On put entendre alors un vacarme effrayant ;
Et pendant que Mirza, souple et pleine d'adresse,
Le dos bas et rampant, le museau larmoyant,
S'allait réfugier aux bras de sa maîtresse,
Lançant au ciel vengeur ses douloureux abois,
L'épagneul en grondant s'enfonçait dans les bois.

II

PHILIBERT

LA chose en était là, quand du fond de l'allée
On vit dans le sentier s'avancer pas à pas
Un beau jeune homme, ayant la figure voilée
De tristesse, et serrant un livre sous son bras.
Il avait le port noble et l'allure timide,
Non pas gauche pourtant, et les traits peu communs
Avec ses grands yeux noirs pleins d'une flamme humide,
Sa moustache frisée et ses longs cheveux bruns.
Sa lèvre souriait d'un pâle et doux sourire.

I.

Par malheur il était trop facile de lire,
De sa botte vernie à son frêle habit noir,
La misère qui perce et qui fait mal à voir.
Il avait le front blanc d'une jeune martyre,
Ses regards enflammés d'extase et de délire,
Quelque chose à l'abord de ferme et de hautain,
Nature compliquée, impossible à décrire,
Être mélancolique en somme, — pour tout dire,
C'était le précepteur du jeune Valentin.

A vingt ans, il savait du grec et du latin
Autant qu'en peut savoir un docteur en Sorbonne ;
Car on avait soigné son éducation.
Sa mère avait pensé, — mère aveugle et trop bonne, —
Que plus tard, dans la vie, ayant l'instruction,
Il acquerrait bien vite une position.
Ce n'était pas sa faute, ignorante personne,
Trop crédule aux discours des distributions,
Fière de voir son fils coiffé d'une couronne,
Si son cœur se trompait dans ses prévisions.
Or donc, l'esprit imbu de cette erreur profonde,
Et pouvant disposer d'une somme assez ronde,
A le faire élever elle épuisa son bien,
De sorte qu'à vingt ans, en entrant dans le monde,
Son fils était très-docte et ne possédait rien.

C'est à cet âge-là qu'en proie à la détresse,
Le cœur précisément demande à s'attacher ;
Que comprimant en lui ses élans de tendresse
Il cherche un autre cœur où pouvoir s'épancher.
C'est alors qu'il est lourd de vivre solitaire,
Et dur de voir ses jours s'en aller tristement
Dans la vaine espérance et le désœuvrement,
Sans avoir un trésor à choyer sur la terre.
Mais que l'âme soit triste et que le cœur soit gros,
Que l'ennui vous consume et vous ronge les os,
Il faut gagner sa vie, et le cœur doit se taire,
Quand on n'a pour tout bien, comme notre héros,
Que du grec, et l'habit qu'il portait sur le dos.

Je dois le dire ici, son fâcheux caractère
Avait contribué, — non moins que ses vingt ans,
Qui, voyant devant eux s'abaisser la barrière,
Avaient pensé courir dès destins éclatants, —
A lui fermer longtemps l'accès d'une carrière.
Humble avec ses égaux et fier avec les grands,
Trop bon pour dominer, trop orgueilleux pour l'être,
Ne pouvant accepter d'être esclave ni maître,
Il n'avait rencontré que des indifférents.
Il avait essayé de tout ce que l'on tente,
Sans avoir pu fléchir le sort malencontreux,

Plein d'espoir néanmoins, et toujours dans l'attente
De quelque événement qui le rendrait heureux.
Mais les jours et les mois, les mois et les années
Emportaient en fuyant tout bonheur attendu,
Ainsi qu'on voit l'assaut des vagues mutinées
Emporter les débris d'un navire perdu.
Paris autour de lui grondait comme une houle,
Et, dans le bruit confus de ses cent mille voix,
Son oreille et son cœur s'étaient lassés parfois
A discerner, parmi les clameurs de la foule,
Cette voix qu'on entend comme un appel lointain
Et qui vous guide au port par un sentier certain
Du milieu de l'orage et de la nuit profonde.
L'âme pleine de doute et d'un déboire amer,
Laissant couler ses jours comme s'épanche une onde,
Il vivait solitaire, et portait dans le monde
Un cœur plus inquiet que les flots de la mer.

Un jour vient cependant où la maigre famine,
Importunant ses flancs, force l'homme aux abois
A sortir de son rêve, et le loup de son bois.
Que le rêveur alors fait une triste mine,
Lorsque sous son vrai jour et sa dure clarté
Apparaît à ses yeux l'âpre réalité !
Tous ses songes dorés s'en vont à tire d'aile.

Déception! il faut, quoi qu'il doive en souffrir,
A son ambition qu'il se montre infidèle,
Et dans un bas emploi qui l'éloigne encor d'elle,
Qu'il lutte obscurément, s'il ne veut pas mourir.
C'est dans un de ces cas que notre fort-en-thème
Dut, ayant épuisé le crédit du traiteur,
De ses rêves altiers descendre la hauteur,
Et sur le temps présent lançant son anathème,
Accepter pour finir l'emploi de précepteur.

Personne n'aura donc trop lieu de se surprendre
De le voir à présent s'avancer pas à pas
Dans l'allée, — en tenant un livre sous son bras,
Comme il est pour chacun trop aisé de comprendre
Pourquoi, vers la marquise alors qu'il s'avançait,
De quelque émotion ne pouvant se défendre,
Son pas était moins ferme et son front rougissait.

Elle pourtant, émue encore et frémissante,
Réprimant des soupirs qui semblaient l'étouffer,
Se leva tout à coup, de grâce éblouissante,
Mais fière, — et d'une voix rien moins que caressante,
Au moment qu'il passait s'en vint l'apostropher :

« Ah! vous voilà, Monsieur! Quand on n'a plus que faire

De vous, vous arrivez, et n'avez nul souci
D'accourir quand votre aide est le plus nécessaire!..
Savez-vous ce qui vient de se passer ici ?

— Quoi donc ?.. » demanda-t-il avec inquiétude

La marquise à ces mots commença son discours,
Mais lorsque de Médor il entendit les tours,
Et comment il eût dû, délaissant toute étude,
Vu l'état de Mirza, voler à son secours,
Notre héros changea tout à coup d'attitude,
Et, de ce vain récit interrompant le cours,
Un éclair de fureur passa comme une flamme
Dans ses yeux, il bondit et s'écria :

                                    « Madame,
Lorsque je consentis, en retour d'un peu d'or,
A servir, je croyais que c'était pour instruire
Votre fils, — et non pas pour surveiller Médor.
Pardon de mon erreur ! merci de la détruire! »

Et sans en dire plus, saluant de la main,
Le front haut, grave et roide, il suivit son chemin.

III

DANS LES BOIS

> Il y a quelque apparence que ces lou-
> veteaux pouvaient provenir de l'union
> d'un chien avec une louve.
>
> M. DE BUFFON.

LE soir, alors qu'au loin le toit de chaume fume,
Que le pâtre, poussant devant lui son troupeau,
Par les sentiers poudreux regagne le hameau ;
Lorsqu'au-dessus des monts qu'enveloppe la brume,
Aux refrains du grillon perdu dans le gazon,
L'étoile de Vénus à l'occident s'allume
Pour s'éteindre et mourir derrière l'horizon ;
Alors que le château, muet, plongé dans l'ombre,
Renvoyait au dehors par ses vitres sans nombre

Un si rougeâtre éclat et de tels feux ardents
Qu'on eût dit, au travers de la verdure sombre,
Qu'un subit incendie en rasait le dedans;
Alors, — dans l'épaisseur de la forêt profonde,
Loin de ces lieux maudits, loin du parc, loin du monde,
Il allait solitaire, il allait tristement,
Les yeux fichés en terre et l'allure inquiète,
Rêveur, sans but, en proie à son ressentiment.
Parfois vers le ciel noir il relevait la tête,
Comme pour attester l'auteur du firmament
Que des affronts soufferts la mesure était pleine;
Puis soudain s'élançait courant à perdre haleine,
Puis s'arrêtait pensif dans le même moment,
Se tournait vers le parc, — et tout soudainement,
A quelque souvenir plus cuisant de sa peine,
Exhalait dans les airs un plaintif aboiement.

Les bois sont beaux, l'été, quand sous leur dôme immense
Les ombres ont tendu leurs lacs mystérieux.
Des fauves affamés la chasse alors commence,
Et dans les noirs fourrés étincellent leurs yeux.
Ramassés et tapis dans l'ombre qui les noie,
Ils attendent l'instant de surprendre leur proie,
Lorsque de sa retraite en tremblant elle sort.
Cependant autour d'eux tout est paix et silence;

Rien ne fait présager le carnage et la mort :
Au souffle du zéphyr le sapin se balance,
Parfois d'un arbre à l'autre un rossignol s'élance,
Dans les buissons en fleur la fauvette s'endort.
Des houx les plus épais, impuissantes barrières,
Et des chênes feuillus perçant les frondaisons,
A travers les taillis, au milieu des clairières,
La lune vient s'asseoir sur les larges gazons.
C'est alors que Diane, en proie à son ivresse,
Elle aussi de l'amour connaissant la détresse,
Glisse dans l'éther bleu sur un pâle rayon,
Et loin de tous regards, la prude chasseresse,
Qui tremble que les dieux connaissent sa tendresse,
Vient couvrir de baisers le jeune Endymion.
Le pâtre, en attendant l'heure du doux mystère,
S'est endormi, bercé par son rêve divin.
Accours, céleste amante, en ce lieu solitaire !
Nul ne saura là-haut les secrets de la terre.
Jette l'arc inutile au fond du noir ravin;
Ta suite est loin d'ici qui tient tes chiens en laisse.
Pour Déesse qu'on est, les dieux ont leur faiblesse.
Que ton berger, ce soir, n'attende pas en vain !

Mais le pauvre Médor, dans le moment critique
Où nous le retrouvons, dans la forêt errant,

De ses récents malheurs encore tout souffrant,
Aux plus beaux souvenirs de la légende antique
Devait, avouons-le, rester indifférent.
Pouvait-il en effet penser à quelque chose
Qui ne fût pas Mirza, celle qu'il adorait,
Oublier ses yeux vifs, son air fier, son nez rose,
Son beau col qu'un ruban de couleur décorait,
L'habit armorié qui l'hiver la parait,
Et mille autre détails qui le rendaient morose,
Maintenant que loin d'elle et dans l'ombre il errait?
Ah! comme il regrettait l'époque fortunée
Où, peignée et lavée, et toute pomponnée,
Tout imprégnée encor des parfums du boudoir,
Après mille baisers, après mainte caresse,
Tiède des oreillers qui la portaient le soir,
La levrette, au sortir des mains de sa maîtresse,
Vive et dressant l'oreille, accourait pour le voir!
Où dans le frais jardin et dans le parc superbe,
Ils pouvaient folâtrer de l'aurore à la nuit,
Gambader sur le sable et se rouler sur l'herbe,
Et dans tout le château se poursuivre à grand bruit!
Hélas! tous ces beaux jours de joie et d'allégresse
Au morne désespoir ont fait place aujourd'hui!
La fureur d'une femme a coupé son ivresse,
Et l'ingrate Mirza ne pense plus à lui!

C'est là qu'il en était de ses tristes pensées,
En son cerveau de chien lentement ressassées,
Quand soudain, se trouvant au plus secret du bois,
Voici qu'il vit, pareils à des lampes funèbres,
Deux yeux clairs qui brillaient sur le fond des ténèbres.
Son nez de fin limier et ses yeux à la fois
Firent que dans ce cas il ne se trompa guère
Et qu'il reconnut bien la figure d'un loup.
Et, sur ses quatre pieds se dressant tout à coup,
Le poil rêche, il lança dans l'air son cri de guerre.
Mais comme il supposait qu'un rauque hurlement
Allait à son appel sortir du fourré sombre,
Ce fut tout au contraire un doux miaulement
Qui, plaintif, s'élevant dans le silence et l'ombre,
Le remplit de surprise et d'attendrissement.

La lune en ce moment à travers les nuées
Resplendit, et parmi les feuilles remuées
Médor vit dans le bois s'avancer lentement,
Par la faim ou l'amour ou l'âge émaciée,
Une louve au poil brun, qui, l'échine pliée,
Humble, vint à ses pieds s'allonger doucement.

Les chasses de l'automne et les neiges dernières
Avaient de ses pareils dépeuplé la forêt,

De sorte qu'au retour des ardeurs printanières,
Brûlant d'un feu sans but et qui la dévorait,
Et parcourant en vain les anciennes tanières,
D'ici, de là, sans fin, seule et triste, elle errait.

Médor, — ô cœur ! — d'abord troublé par sa présence,
Lui qui l'instant d'avant ne pensait qu'à Mirza,
La regarda bientôt d'un œil de complaisance,
Et, s'inclinant vers elle, on eût dit, la baisa.
Alors subitement tous les deux se dressèrent,
Échangeant un regard qui n'était qu'amoureux ;
Puis au fond des forêts ensemble ils s'élancèrent.
Et les bois et la nuit déroulèrent sur eux,
Comme un dais nuptial, leurs voiles ténébreux.

I V

QUELQUES MOTS D'EXPLICATIONS

NÉCESSAIRES

QUE faisait le marquis, pendant que la marquise
Au fond de son château s'ennuyait à mourir?
Et d'où vient qu'il souffrait que tant de grâce exquise,
La gloire dans le monde à ses attraits acquise,
Pût loin de tous les yeux, loin des siens, dépérir?
Rose qui dans Paris s'était épanouie
Et qui dans son air seul semblait pouvoir fleurir,
Pourquoi la laissait-il, là-bas, — faute inouïe! —
Sous le ciel de province, à l'ombre, se flétrir?

2.

La raison, la voici : monsieur faisait courir.
Monsieur avait jugé tout à fait convenable,
La marquise partant, de rester à Paris,
Vu qu'au printemps dernier le club fashionable
Avait sur sa pouliche engagé des paris ;
Et sa pouliche avait remporté le grand prix.
Soit : deux cent mille francs, gagnés de haute lutte
Aux courses de Longchamps, et qui, le lendemain,
S'en devaient retourner par le même chemin.
Un adage le dit : ce qui vient de la flûte
— Et l'âdage a raison — s'en va par le tambour.
Le marquis fit sa malle et partit pour Hombourg.
Là-bas, pour son début, il fit sauter la banque,
Et vit, joueur heureux, les soupers, les plaisirs,
Et l'essaim des beautés qui rarement y manque,
Tout ce qu'on inventa pour tuer les loisirs,
Pleuvoir, se succéder à lasser ses désirs.
Une fixa son cœur et devint sa maîtresse.
Contre les coups du sort se croyant à couvert,
Il ne négligea pas pourtant le tapis vert,
Et, doucement bercé par une double ivresse,
Pendant un mois ou deux il passa tour à tour
Des délices du gain à celles de l'amour.
Mais la femme est volage et la chance traîtresse ;
Il fut par toutes deux trahi le même jour.

Ainsi, débarrassé d'argent et maîtresse,
Il revint à Paris, pensant avec raison
Que, dans l'indifférence où se meurt la noblesse,
Et la langueur profonde où le pays la laisse,
Il n'avait pas trop mal employé la saison.
Or donc, il attendait sans trop d'impatience,
Avec une superbe et noble insouciance,
L'heure encore éloignée où l'automne viendrait,
Pour aller, grand chasseur, au milieu de ses terres,
Avec quelques amis, forcer les solitaires
Et courre les dix-cors qui peuplaient la forêt.
A cette occasion il reverrait sa femme.

Tous ces motifs faisaient que notre grande dame,
Sans en avoir le cœur trop chagrin ni marri,
Pour l'heure en son château se trouvait sans mari.
Après tout un hiver qu'avaient rempli les fêtes,
Le théâtre et le bal, les sermons, les concerts,
Lasse de tant de bruit et de plaisirs divers,
C'était sans trop d'ennui, ses malles étant faites,
Qu'elle avait fui Paris et ses salons déserts.
Les nuits de bon sommeil et l'air de la campagne
Devaient rendre à son teint son ancienne fraîcheur;
Les solides repas, les courses de montagne,
De son corps alangui retremper la vigueur.

De fait, après un mois d'existence champêtre,
Éclat, force et couleurs, tout était revenu ;
La joie et la santé brillaient dans tout son être ;
Même on eût dit qu'un feu jusque là contenu,
S'éveillant dans son cœur qui se sentait renaître,
Avait à sa beauté joint un charme inconnu.
Mais voici qu'une sourde et vague inquiétude,
Traversant son esprit, vint juste à ce moment
Lui ravir le repos et le contentement ;
Et, n'ayant aussi bien nul souci, nulle étude
Qui comblât de ses jours le long désœuvrement,
Paris fut regretté dans cette solitude
Et reparut superbe en son éloignement.
Où trouver à présent sa cour d'amis fidèles,
Et le comte de B., et le baron de C.,
Des hommes distingués les plus parfaits modèles,
Galants, et chacun d'eux à lui plaire empressé ?
Et pourquoi se parer, pour qui paraître belle,
N'ayant plus de rivale à s'en désespérer ?..
Ah ! s'étonnera-t-on qu'en descendant en elle
Et voyant une vie aussi triste et cruelle,
La marquise souvent se surprît à pleurer ?
Et puis, il arriva que par un jour de pluie,
De ces jours où l'on rêve, et que tout vous ennuie,
Et que vers le passé le cœur fait un retour,

Fouillant les profondeurs intimes de son être
Et dénombrant les gens qui lui firent la cour,
La marquise, effrayée, avait cru reconnaître
Qu'elle ignorait encor le véritable amour !
Mariée à vingt ans par pure convenance,
Elle avait adoré sans doute son époux ;
Même elle avait parfois la vague souvenance
D'avoir vu s'écouler quelques mois assez doux,
Où le marquis passait sa vie à ses genoux.
De cet amour lointain s'il lui fallait un gage,
Valentin était là, trop vivant témoignage,
Lequel, en y songeant, allait avoir dix ans !
Dix ans ! du temps rapide, hélas ! preuve certaine,
Et preuve qui faisait que quelques médisants
Prétendaient qu'elle était proche de la trentaine ;
Mais ceux qui contemplaient son front et ses beaux yeux
Savaient bien que c'étaient propos calomnieux.
N'importe ! Il était clair que la date fatale,
A pas comptés, mais sûrs, arriverait un jour,
Et son cœur, jusqu'au bout, ainsi qu'une vestale,
Aurait entretenu la flamme maritale,
Sans connaître le vrai, l'ardent, le fol amour !
Notez que cette femme au jour de sa naissance,
Et depuis son berceau jusqu'à l'adolescence,
Avait grandi, souri, vu couler tous ses jours

Dans un fleuve de soie, et d'or, et de velours !
Qu'au sortir du couvent jusqu'à son mariage,
Et depuis ce temps-là, — fêtes, plaisirs, voyage,
Et fortune, et bien-être, et beauté, joie, honneur,
Rien n'avait dû sembler manquer à son bonheur !
Et que rien n'y manquait ! Rien, sinon, pensait-elle,
La nuit, quand l'insomnie est quelquefois cruelle,
Un de ces grands amours qu'on voit dans les romans,
Où l'âme tout entière à l'âme se révèle,
Et qui brûle les yeux et le cœur des amants !

Allons ! de son Éden Ève se trouvait lasse !
Plus de saveur aux fruits, comme aux fleurs plus de grâce !
Tout est trop beau, trop doux, trop bon sur son chemin !
Qu'en un maigre fourré la pomme acide et verte
Brille, excite son goût, elle étendra la main !
Au vent des passions son âme s'est ouverte ;
Du voile de pudeur dont elle était couverte,
Elle se dévêtit pour se montrer à nu !
Elle a la soif du mal, la faim de l'inconnu.
La honte du péché la fascine et la tente.
Sous le fouet des désirs la voici palpitante :
Tout amant, quel qu'il soit, sera le bienvenu !

V

LA LEÇON DU PRÉCEPTEUR

IL est un lieu, percé de gothiques fenêtres,
Où tout est calme et grave au fond du vieux château.
Çà et là, sur les murs, de noirs portraits d'ancêtres
Que le temps a couverts d'un funèbre manteau,
Plus oubliés ici qu'en leur sombre caveau,
Se détachent de l'ombre, et d'un œil de colère
Semblent dévisager tout visiteur nouveau.
C'est la bibliothèque : un rayon circulaire
Porte, rangés par ordre et reliés en veau,

Livres et manuscrits, et vieux in-octavo
Quatre siècles sont là, dormant dans la poussière,
Qu'un savant seul pourrait réveiller aujourd'hui.
Cependant un vieillard à la face guerrière,
Songeant peut-être au temps où sa splendeur a lui,
Considère, on dirait, d'une mine encor fière
Ces bouquins de Brantôme où l'on parle de lui.
Tous sont là, Rabelais, et Montaigne, et Molière,
Pascal et Fénelon, Corneille et La Bruyère,
Racine et Rabutin, Scarron et Bossuet.
Ce magistrat sans doute, à la perruque austère,
Ne pensait pas, alors qu'il jugeait, statuait,
Que ses procès seraient revisés par Voltaire.
Belles qui florissaient au siècle d'Arouet,
Voici d'ailleurs, parmi le cercle des aïeules,
Dans leur cadre à blason d'or au chevron de gueules,
Des duchesses, malgré leur front de parchemin,
Qui devaient dans leur temps n'être pas trop bégueules,
Et qui, droites, avec une fleur dans la main,
Semblent couver d'un œil tout plein de convoitises
L'œuvre où cet affreux homme a mis tant de sottises,
Et lui sourire avec leurs lèvres de carmin.
Il doit se passer là bien d'étranges mystères,
Parmi tous ces tableaux dont les fils n'ont plus soin,
Relique du passé reléguée en un coin !

Rien n'interrompt jamais leurs rêves solitaires ;
Et tous ces vieux débris, portraits, livres poudreux,
Comme on dit quelquefois, se consolent entre eux !
Car au jour d'aujourd'hui, pour la littérature,
Ce qu'on en lit ici se fabrique au bureau
Du journal qu'on reçoit, mettez le FIGARO,
Le MONDE ou l'UNION ; — et quant à la peinture,
C'est Dubuffe à présent qui fait tous les portraits.
Pour les tableaux de genre et de moindre stature,
On en peut au salon voir deux par aventure,
Peints par monsieur Toulmouche et qu'on trouve parfaits.

Philibert, ce jour-là, dans la salle gothique,
Semblait vouloir venger les aïeux de l'oubli :
Dans la bibliothèque il s'était établi,
Et, promenant sur eux son regard extatique,
Cherchait à retrouver leur passé fantastique
Sous la poudre où le temps l'avait enseveli.
L'écolier, au surplus, s'occupait de son maître
Et, dans le même temps, de Philibert distrait
Au revers d'une page il croquait le portrait ;
Pendant qu'à quelques pas, au coin de la fenêtre,
La marquise, tenant l'aiguille et le poinçon,
Brodait, en attendant l'heure de la leçon.

Depuis qu'elle vivait dans cette solitude,
Il n'entrait dans ses goûts ni dans son habitude
De venir là pour voir si tout s'y passait bien ;
Car elle avait au cœur d'autre sollicitude
Que d'être au milieu d'eux à leurs heures d'étude,
Aux livres des savants d'ailleurs n'entendant rien.
Mais il faisait si chaud, et dans ce réduit sombre
On trouvait ce jour-là tant de fraîcheur et d'ombre !
Puis elle avait bâillé tellement le matin !
Et puis elle aimait tant le jeune Valentin !
Pour se désennuyer ne trouvant autre chose,
Elle était donc venue en désespoir de cause
Les entendre écorcher du grec et du latin.

« Allons ! dit Philibert en sortant de son rêve
Et fixant tout à coup les yeux sur son élève,
J'espère qu'aujourd'hui vous saurez vos leçons.
Donnez-moi, s'il vous plaît, le livre, — et commençons.

— Monsieur, pardonnez-moi, j'ai déchiré la page
Où je devais apprendre.
      — Ah ! c'est vraiment dommage.
Et pourquoi, s'il vous plaît ?
        — Monsieur, j'en suis confus,
Mais j'ai tantôt vidé l'écritoire dessus,

Si bien qu'à ma leçon je ne voyais plus goutte.
— Très-bien. Et vous l'avez vidée exprès sans doute?
— Monsieur, c'est Louison qui m'a poussé le bras
En passant.
    — Louison?.. Louison! connais pas!

— Monsieur, excusez-le, c'est ma femme de chambre,
Commença la marquise intervenant alors.
Je me verrai forcée à la mettre dehors
Si je ne vois du mieux d'ici la fin décembre.
Elle est d'un maladroit qu'on ne peut concevoir,
Et d'une étourderie impossible à décrire,
Ne sachant faire un lit, ni passer un peignoir,
Ni...
   — Bien. Vous m'avez fait du moins un bon devoir?
— Monsieur, excusez-moi, je ne puis pas écrire.
— Comment donc?
      — Oui, monsieur, en allant au jardin,
Médor, qui s'y trouvait, m'a mordu ce matin.
— Vous le tracassiez donc?
        — Je lui prenais la patte.
— Ce chien est dangereux, il faudra qu'on l'abatte
Au plus tôt, s'écria la dame en A PARTE.

— Et voilà ce qu'alors vous m'avez apporté!...

Si vous pensez qu'ainsi vous pourrez vous instruire,
Sans faire de devoir ni savoir de leçon,
Vous vous trompez, je crois, fortement, mon garçon !
Enfin, prenons Virgile et tâchons de traduire,
Si vous le voulez bien, monsieur, à livre ouvert.

— Monsieur, excusez-moi, j'ai fort mal à la tête.
J'ai traversé la cour ce matin sans casquette ;
Le soleil a frappé sur mon front découvert
Et m'a donné soudain une horrible migraine.

— Mon Dieu, monsieur, voyez comme je suis en peine !
S'écria la marquise intervenant encor ;
Mon fils est studieux, mais c'est, j'en suis certaine,
La faute à Louison, au soleil, à Médor.
Et puis, vous savez bien comme on est à cet âge :
Il vous suffit d'un rien pour perdre tout courage.
Considérez ces yeux, ces membres délicats ;
C'est tout moi, cet enfant : une ardeur indomptable,
Mais des nerfs qui le font très-impressionnable.
Mieux vaut pour aujourd'hui qu'il ne travaille pas
Que de faire un travail par trop insupportable.

— Alors, dit Philibert s'accoudant sur la table,
Il ne nous reste plus qu'à nous croiser les bras. »

Le maître contempla de nouveau les ancêtres,
Puis tour à tour les champs, l'azur profond des cieux,
Et les bois qu'on voyait par les larges fenêtres,
Le tout sans dire un mot, calme et silencieux.
Puis, quand il eut ainsi rêvé quelques secondes,
Sur l'espiègle écolier abaissant ses regards,
Il admira longtemps son front, ses boucles blondes
Dont le flot ruisselait de tous côtés épars,
Ses yeux déjà remplis de malices profondes,
Sa grâce et son sourire et son air triomphant.
Enfin, comme quelqu'un qui soudain se réveille
Du plus profond sommeil et d'un rêve étouffant,
Voyant que la marquise aussi dressait l'oreille,
Et devant ses beaux yeux sa verve s'échauffant,
Il parla de la sorte à son très-noble enfant :

« Le jour où vos parents vous donnèrent la vie,
Ils durent, mon garçon, penser avoir bien fait,
Et que tout ici-bas vous viendrait à souhait,
Et que les plus heureux vous porteraient envie.
Dans le fait, vous n'étiez qu'un simple mioche encor,
Criard, morveux, marchant à peine à la lisière,
Que pour vous vos parents avaient semé plus d'or
Qu'un pauvre n'en a vu durant sa vie entière,
Et que de vos hochets on eût fait un trésor.

3.

Et vos yeux s'entr'ouvraient à peine à la lumière,
Et votre esprit dormait dans un néant profond,
Ne connaissant encor ni la vie et le monde,
Et ce qui vous y vaut ou la gloire ou l'affront,
Que déjà votre nom circulait à la ronde
Et qu'un titre de comte écrasait votre front.
Et vous avez grandi jusqu'à l'âge où vous êtes,
Choyé, gâté par tous et ne manquant de rien,
Confiant comme on l'est quand on se sent du bien
Et qu'on voit tous ses jours s'écouler dans les fêtes,
Sans plus vous soucier, mangeant à votre faim,
Qu'il en est qui sont gueux et qui n'ont pas de pain.
Et vous arriverez à l'âge où l'on est homme,
Sans heurt et sans chagrin, par des sentiers fleuris,
Bête comme devant, ne sachant rien en somme
De ce que les malheurs à d'autres ont appris.
Même on peut présager, sans peur de se méprendre,
Que vous serez alors un fort joli garçon,
D'habitude élégante et de bonne façon,
Et que vous n'aurez pas le déplaisir d'attendre,
Lorsqu'au cadran du ciel vos vingt ans sonneront,
Qu'une altière beauté de vous veuille s'éprendre,
Puisque devant vos pas tous les cœurs voleront
Et que ceux de trente ans de vous raffoleront.
Mais vous, sans profiter de toutes ces avances,

Viveur déjà blasé qui se montre exigeant,
Vous irez, dédaigneux des autres jouissances,
Faire brûler l'encens de vos concupiscences
Aux pieds des déités qu'on a pour de l'argent.
Et vous vivrez, selon que vivent les lorettes,
Dormant quand il fait jour, vous levant à la nuit,
Soupant, chantant, riant et courant les guinguettes,
Dansant, choquant le verre avec des proxénètes,
N'aimant que le désordre et l'orgie et le bruit.
Et vous serez d'un club, et vous ferez des dettes
Que papa ni maman ne voudront point payer ;
Et, petit-fils gâté, quelque arrière-grand-mère
Mourra juste à propos, vous laissant son douaire,
Qui de plaisirs nouveaux pourra vous défrayer.
Ainsi, toujours, sans fin, jusqu'à ce que votre âme,
Voyant, à la lueur d'une subite flamme,
Votre corps et vos biens fortement entamés,
Vous penserez aux soins que votre nom réclame,
Et qu'il est temps, avant qu'ils soient plus déformés,
De choisir une dot et de prendre une femme.
Et quelque jeune fille, au sortir du couvent,
Vous voyant dans un bal, au théâtre, à la messe,
Croira qu'elle a trouvé son idéal vivant ;
Vous, d'un honnête apport vous aurez la promesse,
Et vous l'épouserez juste le mois suivant.

Et vous vous aimerez autant qu'il se peut faire,
Six mois,—c'est un long temps pour de telles amours;—
Après quoi, retournant chacun à votre affaire,
L'époux à ses plaisirs, la femme à sa prière,
Vous vivrez désunis le reste de vos jours.
Et par ainsi, cherchant, sans un plus grand mystère,
Ce que la vie a pu vous offrir de plus doux,
Vous mourrez un beau soir, tranquille et solitaire,
Sans regrets ni remords, en laissant sur la terre
Des enfants qui vivront sans doute comme vous.

« Là, sérieusement, croyez-vous, mon bonhomme,
Que ce soit là le but qui vous était donné
Et la tâche à remplir, lorsque vous êtes né?
De quel nom, s'il en est, voulez-vous que l'on nomme
Une telle existence, où tout est profané, —
Dont l'être le plus vil, d'âme et d'esprit borné,
Eût-il juste l'instinct d'une bête de somme,
Ne voudrait pas pour lui, s'y trouvant condamné?
L'éternel créateur en votre corps fragile
Mit-il, comme une lampe en un vase d'argile,
Le flambeau radieux de la claire raison,
Vous donna-t-il des mains, des pieds, un œil agile
Pour qu'ils ne pussent voir ni toucher l'horizon,
Et que vous vécussiez de vos désirs esclave,

Enfermé dans la chair comme en une prison,
Et rampant sur le sol, et laissant votre bave
Traîner derrière vous aux murs de votre cave,
Ainsi qu'un ver de terre et qu'un colimaçon ?
Vous donna-t-il une âme immortelle et sans tache,
Qu'une invisible chaîne à l'infini rattache,
Pour la prostituer d'une telle façon ?...
Ah ! c'était bon jadis, au beau temps de la France,
Quand vos pareils riaient et n'appréhendaient rien,
D'organiser sa vie en épicurien !
Lorsque nulle leçon, lorsque nulle souffrance,
Nul présage terrestre ou signe aérien,
Nul grave enseignement d'aucun historien
Ne les avaient encore, hommes pleins d'ignorance,
Avertis qu'ici-bas par un juste retour
Ceux qui riaient alors devaient pleurer un jour,
Et qu'ils pouvaient ouvrir leur cœur à l'espérance !
Alors, dis-je, il était de mode et de bon goût
De vivre à la légère et de rire de tout,
Fixant sur l'avenir un œil plein d'assurance ;
Mais à présent, pour vivre et pour penser ainsi,
L'heure est trop sérieuse et l'instant mal choisi.

« Aux deux bouts de la France une clameur s'élève :
Guerre aux privilégiés, guerre au noble, au bourgeois !

Mais guerre sans pitié ni merci cette fois !..
Et ceux-ci, réveillés au sein du plus doux rêve,
Se rendorment au bruit de cette immense voix.
Autour d'eux cependant la lutte s'organise
Et va sur tous les points éclater à la fois :
Avec la lâcheté le vice fraternise.
D'un continent à l'autre, en se donnant la main,
Tous les audacieux se mettent en chemin.
Et ceux que la misère en ces temps tyrannise,
Qu'une longue souffrance a rendus furieux,
Dont la vertu se meurt quand leur force agonise,
Pervertis et poussés par des ambitieux,
Vont, au même signal ainsi qu'à la même heure,
Quitter leurs fils sans pain et leur femme qui pleure
Et livrer un combat inconnu sous les cieux.
Jadis, le malheureux en proie à la souffrance
Levait les yeux au ciel où brillait l'espérance,
Et croyait voir un Dieu qui lui tendait les bras.
Maintenant qu'on lui dit que Dieu n'existe pas
Et qu'il doit enfermer son espoir en ce monde,
Courbant au sol son front chargé d'horreur profonde
En songeant que tout passe et finit ici-bas,
Il jette à l'homme heureux un œil plein de rancune,
Jalouse son bonheur, sa gloire ou sa fortune,
Tout ce que le destin sème comme au hasard,

Et de tant de douceurs lui n'en goûtant aucune,
Le traite en ennemi qui lui ravit sa part.
Jadis, le malheureux en butte aux injustices
Regardait vers le trône où, servantes du roi,
Siégeaient, de ses sujets fidèles protectrices,
D'un côté la Clémence et de l'autre la Loi.
Le condamné n'attend ni grâce ni clémence,
L'opprimé sait ses droits, fait ses lois aujourd'hui :
Quand le chagrin l'aigrit et le met en démence,
Il regarde son bras, ne comptant que sur lui.
Oui, son bras, — ses deux bras laborieux et rudes
Sont maintenant sa loi, son droit, son bon plaisir.
La raison du plus fort devait donc revenir.
Après avoir brisé tant d'autres servitudes,
Le temps marche et progresse, et nous a rejetés
Sous ce joug, des plus vieux et des plus détestés.
Nous le subirons tous, si nous n'y prenons garde
Des soldats de l'émeute et du progrès sans fin.
Nous avons déjà vu s'avancer l'avant-garde.
Certe, ils étaient nombreux qui couraient au butin ;
Mais ils nous reviendront bien plus nombreux encore.
On ne les compte plus ceux que ce mal dévore,
A qui l'ambition pousse l'âme et la main,
Et qu'excitent l'envie, ou le vice, ou la faim.
Si leur cause est mauvaise, ils ont l'âme hardie :

On les a pu juger alors que dans Paris
Leur rage s'acharnait sur a ville en débris,
Qu'ils promenaient partout .e meurtre et l'incendie,
Que la pâle terreur escortait tous leurs pas
Et que les plus grands noms ne les arrêtaient pas.
Ce qu'ils ont fait alors, ils peuvent le refaire.
Qui les arrêterait? comment? par quel moyen?
Les plus intéressés, dont ce serait l'affaire,
Ceux qui sont menacés dans leur vie et leur bien,
Doutent de leur bon droit et n'entreprennent rien.
Depuis que l'athéisme a désolé notre âme,
Depuis que la science a tué notre foi,
Depuis que de Dieu même on a faussé la loi,
Et que de Saint-Denis la céleste oriflamme
Est tombée en lambeaux avec la mort d'un roi,
Religion, noblesse et droit héréditaire,
Amour de la patrie et culte des héros,
Tout est allé se perdre en un même chaos.
Un souffle d'égoïsme a passé sur la terre,
Et chacun ici-bas ne songeant plus qu'à soi,
De son propre bien-être a fait sa seule loi.
Et désormais, en butte à ce vent délétère,
Sans pitié de ses fils ni des peuples rivaux,
La France, endolorie et lasse jusqu'aux os,
Se retourne, fiévreuse, en son lit solitaire,

Sans pouvoir retrouver le calme et le repos.
Le jour qu'elle mourra, vous mourrez avec elle,
O descendants de ceux qui l'avaient faite belle,
Et fière, et grande, et forte entre les nations !
Enfants dégénérés d'une race immortelle,
Qui laissez la patrie en proie aux factions !
Qui n'avez plus souci de ce noble royaume,
Où vos aïeux gagnaient leurs titres et leurs noms !
Ce jour là, la tempête en ses noirs tourbillons
Vous emportera tous comme des brins de chaume,
Vous, vos titres, vos biens, vos noms et vos blasons !

« C'est à vous, vieux portraits, à vous que j'en appelle,
Vous qui, silencieux le long de ces lambris,
Semblez d'un œil chagrin contempler votre fils,
Vous à qui l'avenir sans doute se révèle !
N'est-ce pas, n'est-ce pas qu'une France nouvelle
Ne se relèvera jamais de ses débris,
A moins que tous ses fils, vous prenant pour modèles,
N'abandonnent la route où s'égarent leurs pas,
Qu'à l'honneur, au devoir ils se montrent fidèles,
Et qu'ils bravent l'émeute et qu'ils ne tremblent pas ?
N'est-ce pas, n'est-ce pas, philosophes, poëtes,
Gloires de la patrie, ornements de ses fêtes,
Dont les écrits sont là, monuments précieux

Où la claire raison éclate à chaque page,
N'est-ce pas, — pour lutter avec les factieux
Et faire des tribuns taire le vain tapage, —
Qu'il nous faut devenir graves et studieux ?
Qu'il suffit pour percer la nuit de leurs systèmes,
Pour étaler aux yeux leurs projets odieux,
Leurs faux rêves d'aisance et de bonheur suprêmes,
De secouer au vent vos feuillets radieux ?
N'est-ce pas que là-haut notre sort s'élabore
Et se juge — suivant nos efforts ici-bas,
Que Dieu n'a pas dessein de nous punir encore,
Qu'il enchaîne sa foudre et qu'il retient son bras,
Et que l'on trouvera sept justes dans Gomorrhe,
Et que le feu du ciel ne nous brûlera pas ?
N'est-ce pas que déjà l'horizon se colore,
Que l'espoir vient à l'âme et la lueur aux yeux,
Qu'après la longue nuit va se lever l'aurore,
Et que tous les Français, fils soumis et pieux,
Vont, rangés sous les plis du drapeau qu'il arbore,
Saluer d'une voix unanime et sonore,
Dont l'écho portera l'allégresse en tout lieu,
David, l'oint du Seigneur, le roi choisi de Dieu !

« Pour ces jours glorieux promis à la patrie,
Quand elle lèvera sa tête encor meurtrie,

Soyez prêt ! Il faudra vous montrer, mon garçon !
L'hydre renaît sans cesse alors qu'on croit l'abattre ;
Mais ici, sous vos yeux, voyez, pour la combattre,
Vous avez devant vous l'exemple et la leçon :
L'exemple des aïeux et les leçons du livre.
Pour être grand un jour vous n'avez qu'à les suivre.
Docile, et vous laissant conduire par la main,
Tout naturellement vous arrivez au faîte
Que plus d'un malheureux cherche à gravir en vain.
La route devant vous s'ouvre large et bien faite.
Mais pour toucher au but, il faut marcher pourtant,
Surtout lorsque l'on a l'œil bon, le pied agile,
Et le jarret solide et le cœur bien portant.
Vous avez tout cela, la route est trop facile.
Marchez donc, travaillez ! il n'est d'autre moyen
De se faire une place aujourd'hui sur la terre.
Sinon, titres, fortune et nom héréditaire,
Ce qui peut vous aider, ne doit servir à rien.
Vous pouvez voir un jour votre fortune immense,
Comme un glaçon chauffé, fondre dans votre main.
Le dernier travailleur, sans nom ni parchemin,
Mais économe et sage, et plein de patience,
Peut en moins de dix ans vous laisser en chemin.
Quand vous en serez là, sans argent ni science,
Vous verrez tout à coup vos titres, votre nom,

Se tourner contre vous comme en dérision.
Le siècle est au travail ainsi qu'à la lumière :
Toujours le plus vaillant sur vous l'emportera,
Et le plus éclairé de vous se moquera.
Peut-être un nom obscur entre dans la carrière
Devant lequel un jour le vôtre pâlira.
Peut-être en ce moment naît dans une chaumière
Le fils d'un paysan qui vous gouvernera.
Par la science au moins tâchez d'être à leur taille,
Et qu'instruit à la lutte et prêt dès maintenant,
Le descendant des preux en un jour de bataille
Ne soit pas désarmé par un simple manant.

« Je n'ai pour aujourd'hui rien de mieux à vous dire.
Demain nous tâcherons, monsieur, de moins causer.
Vous avez trente vers de Virgile à traduire.
Vous pouvez à présent aller vous amuser. »

VI

LA CHUTE

Comment, par quel hasard la chose arriva-t-elle ?
Fut-ce trouble des sens, entraînement du cœur,
Caprice, fantaisie, ou passion réelle ?...
Pendant combien de jours a-t-on fait la cruelle,
Accueilli les serments d'un sourire moqueur,
Juré qu'à ses devoirs on resterait fidèle,
Et lutté vaillamment, aux compliments rebelle,
Sans vouloir décerner le prix à son vainqueur ?
Pendant combien de nuits, — des nuits qu'on se rappelle, —

4.

Agitée, et sentant sa vertu qui chancelle,
Eut-on de vifs regrets d'avoir tenu rigueur?
Était-ce un beau matin, à l'aurore nouvelle,
Au sortir de ces nuits dont on sait la longueur?
Ou bien l'après-midi, quand le ciel étincelle,
Dans une heure d'oubli, d'ivresse et de langueur? ·
Ou bien le soir encor? — La lune brillait-elle,
Avec les astres d'or épandus par milliers,
Découpant sur la nue ainsi qu'une dentelle
La cime des bouleaux et des grands peupliers?
Était-ce dans le parc, ou dans la forêt sombre,
Un jour de promenade, après des pas sans nombre,
Où l'on avait trouvé quelque antre hospitalier?
Ou bien dans le jardin, sous la tonnelle, à l'ombre,
Auprès d'un banc de mousse, au pied d'un espalier?
Ou bien dans le château, — dans le salon peut-être,
Un soir que, tous les deux penchés à la fenêtre,
On était seule avec son galant cavalier
Et qu'on laissait flotter ses cheveux à la brise?. .
Enfin, comme il n'est rien que l'amour n'autorise,
Peut-être que ce fut, qui sait? dans l'escalier!...
Et le premier baiser, l'a-t-on pris par surprise?
Quand le pardonna-t-on? et quand fut-il rendu?
Lorsqu'il voulut pousser plus loin son entreprise,
Sûre qu'on faiblirait, s'est-on bien défendu?

A-t-on bien protesté, sur sa vie et son âme,
Qu'on ne consentait pas, et que c'était infâme,
Lorsqu'il n'était déjà plus temps de dire non?...

Qu'importe tout cela! Qu'importe le lieu, l'heure,
Le moyen, la façon, le temps et la demeure,
Et même les amants, et leur titre et leur nom!
Ce vieux, ce beau roman est sans cesse le même :
Tous les cœurs de vingt ans qui commencent leur cour,
Sans croire plagier le refont à leur tour.
Puis, on se comprend vite et fort bien quand on s'aime,
Et c'est un niveleur terrible que l'amour :
Il s'embarrasse peu d'une haute naissance,
Et mêle sans façon dans sa toute-puissance
Le palais, la chaumière avec le carrefour.
Les plus fiers ont sous lui fléchi sans résistance,
Et, quels que soient le rang, l'orgueil et la distance,
Sur le même oreiller on se trouve un beau jour.

Mais il arrive alors une bizarre chose,
C'est que subitement les rôles sont changés :
La femme parle, agit, projette, narre et cause,
Pendant que, les regards dans l'extase plongés,
Sur ses lauriers conquis son amant se repose,
Tout orgueilleux des fers que ses mains ont forgés.

Oh ! mais, avant cette heure inexprimable et tendre,
Comme il a dû se mettre en frais de beaux discours,
Suer, s'évertuer, s'escrimer pour attendre
Que l'instant vînt enfin, après de longs détours,
Où son cœur dans un mot pourrait se faire entendre !
Et comme elle feignait de ne pas le comprendre !
Et comme à son idée il revenait toujours !
Et puis, comme il fallait l'épier au passage,
Pour n'attraper souvent qu'un regard dédaigneux !
Mettre du sentiment dans le moindre message !
Être ardent et soumis, passionné mais sage,
Élégant dans sa mise, et de ses mains soigneux,
Et faire du dandysme enfin l'apprentissage,
Juste autant qu'il se peut quand on est besoigneux !
Puis, prolonger sans fin l'heure des causeries,
Se fondre en compliments, en soupirs langoureux,
La brûler, l'embraser de regards amoureux,
Supporter son humeur, souffrir ses bouderies,
Et refouler en soi ses sentiments fiévreux,
Réprimer, au milieu de ses coquetteries,
Les élans de son cœur et de ses bras nerveux !
Enfin, quand arriva le moment des aveux,
Comme il fallut jurer de n'aimer jamais qu'elle,
Qu'il mourrait de bonheur si l'on comblait ses vœux,
Et lui faire à mi-voix la promesse éternelle

Qu'il serait très-prudent, qu'il serait très-discret,
Et que nul ici-bas ne saurait leur secret,
Et, de tous les amants la vieille ritournelle,
Qu'il n'avait pas aimé, mais pas jusqu'à ce jour,
Sinon d'une façon fugitive et charnelle,
Et qu'elle était son seul et son premier amour !

Elle, pendant ce temps, impassible, indolente,
Et semblant aspirer sa passion brûlante
Sans trop en faire fi ni trop en faire cas,
Écoutait les accents de cette voix tremblante,
Et le considérait d'une paupière lente,
Et secouait la tête, et ne répondait pas,
Et souriait d'un air d'incrédulité feinte,
Et ne paraissait pas prête à céder sitôt,
Et le laissait cent fois recommencer sa plainte,
Et pousser ses soupirs, et jeter son sanglot,
Et ne dépouillait pas sa superbe indolence,
Et laissait ses discours s'épancher comme un flot,
Et s'enfermait toujours dans le même silence,
Et ne faisait nul geste, et ne disait nul mot.
Mais aussi maintenant comme elle se rattrape !
Comme elle y va gaîment du geste et de la voix !
Trop longtemps comprimé, comme le flot s'échappe,
Et comme aveux, récits contenus plus d'un mois,

Et secrets, tout s'épanche et tout roule à la fois !
Tel un torrent alpestre à l'imposante nappe
Emporte dans son cours les chalets et les bois.
Tel encore un ruisseau, grossi par les orages,
Escaladant ses bords, renversant ses barrages,
Abandonne le lit où s'encaissait son cours,
Gronde près des hameaux, couvre les pâturages,
S'étale dans la plaine, et par mille détours
Vient embrasser des lieux qu'il ignora toujours.

Maintenant, maintenant qu'elle peut tout lui dire,
Et que son cœur trop plein peut enfin s'épancher,
Et qu'elle n'a plus rien, hélas ! à lui cacher,
Comme notre marquise, en proie à son délire,
S'en donne de jaser, de rire et folâtrer !
Au fin fond de son cœur comme elle laisse lire !
Et quel ravissement d'y pouvoir pénétrer !
Que de joyeux discours, et quel remue-ménage
Dans la chambre discrète où l'on se tient tous deux !
Quelle étrange folie, et quel doux badinage,
Et, pour ne rien céler, que de libertinage,
De rires, de baisers, de projets hasardeux !
Le château dort tranquille ; autour d'eux tout repose.
Nulle agitation, nul murmure, nul bruit
Ne trouble les plaisirs de cette belle nuit.

Les rideaux écartés du lit en bois de rose
Les montrent enlacés sous leurs plis de satin.
La croisée est fermée, et la porte bien close.
Louison a couché très-tôt mons Valentin.
On peut tout oublier dans cette paix profonde,
Ses devoirs, son mari, l'univers et le monde.
Les lampes brûleront, allez ! jusqu'au matin.
Jusqu'à ce que du jour la clarté les inonde,
Ils ne se donneront ni trêve ni repos,
Sinon pour épancher dans leur sein comme une onde
Leurs rêves mutuels où la folie abonde,
Et pour se délasser en ces riants propos :

« Jamais, ô mon amour ! mon cœur plein de tendresse
N'avait pu soupçonner une si douce ivresse,
Et mon âme et mes sens jamais avant ce jour
N'avaient su ce qu'étaient les transports de l'amour !
Je croyais le savoir, mais quelle différence !
Merci d'avoir si bien instruit mon ignorance,
Et de m'avoir permis de goûter dans vos bras
Les seuls, les vrais plaisirs que l'on goûte ici-bas !
Ah ! dans quel paradis vont vivre nos deux âmes !
Que j'étais simple avant ! Je plains les autres femmes !
Allez ! de mon passé ne soyez point jaloux !
Je n'ai jamais connu le bonheur qu'avec vous !

— Le connaissais-je donc moi-même davantage?
Le ciel me donna-t-il plus de joie en partage?...
J'en jure bien ici ma parole d'honneur,
Sans vous j'ignorerais encore le bonheur!

— Pourtant... pourtant ceci m'est difficile à croire.
Voyons! dites-moi tout, contez-moi cette histoire...
Ce n'est pas aujourd'hui pour la première fois
Que .. comment m'expliquer?... Vous riez, je le vois;
Bien! riez, moquez-vous, je le sais, je suis folle,
Mais vous n'oseriez pas donner votre parole
Que vous n'avez connu personne avant ce jour?...

— Non, je n'oserais pas vous donner ma parole,
Non, je ne voudrais pas vous mentir, mon amour,
Et je vous dirai tout, mon ange et mon idole!
Oui, j'eus d'autres amours, mais, je le jure bien,
Dans tous ces amours-là le cœur n'était pour rien,
Et l'esprit surnageait par-dessus la matière.

— Sans doute... mais enfin quelle fut la première?

— La première?... Ma foi, je ne m'en souviens plus!
Il s'agit là de jours tellement révolus!...

— Tellement, dites-vous?... Mais alors à quel âge?..

— Ma foi, je ne pourrais le dire davantage.

— Vous le pourriez si vous vouliez, mais je vois bien,
Malgré tous mes désirs, que je ne saurai rien.
Pourtant considérez comme en cette matière
J'en agis avec vous de toute autre manière,
Et vous fais si bien voir ma vie à découvert
Que vous la connaissez à fond, mon Philibert!. .
Ah ça! vous n'auriez pas d'autre nom de baptême?

— Si bien... vous n'aimez pas celui-là?
                                        — Si, je l'aime;
Mais je voudrais un nom mystérieux, voilé,
Dont personne avant moi ne vous eût appelé,
Un nom doux à la bouche et que moi, la première...
— Si vous le préférez, je m'appelle encor Pierre.
— Pierre?... c'est trop commun.
                                        — Nommez-moi Nicolas.
— Nicolas?... celui-là non plus ne me plaît pas.
Mon Nicolas chéri!... c'est impossible à dire.
— Ma foi, si ces trois-là ne peuvent vous suffire,
J'en suis...
                    — Vous n'en avez pas d'autre par hasard!

— Non.

    — Inventons-en un !... Que diriez-vous d'Oscar ?
— Oscar me plaît ! Oscar ! va pour Oscar, mon ange !
— Et quel nom allez-vous me donner en échange ?

— Mais je vous nommerai, si vous le permettez,
Du seul qui vous convient, du nom que vous portez,
Auquel votre beauté prête une grâce exquise,
Et qui vous va si bien, madame la marquise,
Et que l'on n'a jamais plus justement donné,
Eugénie, — attendu qu'il veut dire bien né !
Je l'ai tant répété d'un accent doux et tendre ;
Et le jour, et la nuit, en veillant, en rêvant,
Mes lèvres loin de vous l'ont redit si souvent ;
Et le moment s'est fait si longuement attendre
Où ma voix devant vous pourrait le faire entendre,
Que, sans savoir s'il est des noms plus éclatants,
Ma bouche désormais ne peut le désapprendre !

— Vous m'aimez, mon cher cœur, alors depuis longtemps ?

— Du jour où je vous vis ! où votre grâce altière,
Et ce noble profil à l'air impérieux,
Avec ce front superbe et l'éclat de vos yeux,
Embrasèrent soudain mon âme tout entière !

J'avais franchi, tremblant, votre porte cochère ;
C'était dans votre hôtel, au faubourg Saint-Germain,
Vous en souvenez-vous ? — Honteux, sans sou ni pain,
Je venais ce jour-là, poussé par la misère,
M'offrir pour précepteur, — enfin tendre la main !
Quand j'entrai, vous étiez assise en votre chambre,
Dans un large fauteuil, en simple négligé,
Un pied de sa pantoufle aux trois quarts dégagé.
On respirait partout une fine odeur d'ambre
Et mille autres parfums dans l'air vaporisés,
Dont la tête et le cœur étaient soudain grisés.
Vous portiez ce jour-là, je m'en souviens encore,
Une croix de brillants qui, suspendue au cou,
Tombait sur votre sein, — sur ce sein que j'adore,
Et qui ce même jour pensa me rendre fou.
Car, en y regardant, je me sentais la fièvre ;
Mais vous étiez si haut, vous que déjà j'aimais,
Que, bien qu'offrant mes jours pour y coller ma lèvre,
J'avais désespéré d'être exaucé jamais !
Vous aviez une robe avec de larges manches
Qui laissaient jusqu'au coude apercevoir vos bras.
Et je considérais d'un air plein d'embarras
Vos yeux, votre pantoufle et vos mains, — ces mains blanches.
Songez que je n'étais qu'un simple meurt-de-faim,
Que vous étiez marquise, et riche, et grande dame,

Que je ne disais rien qui pût toucher votre âme,
Et que je n'attendais que mépris et dédain.
Si l'on m'eût dit alors qu'un jour j'aurais l'ivresse
D'embrasser ces cheveux, et ces mains, et ce cou...
Je l'aurais, celui-là, vraiment traité de fou !
Vous parûtes pourtant deviner ma détresse,
Et sans m'embarrasser ni vouloir me presser,
Votre cœur à mes maux sembla s'intéresser.
Je vous vis me parler, je vous vis me sourire,
Mais d'un sourire d'ange, impossible à décrire,
Comme un rayon d'espoir dans le ciel entrevu !
Me parler d'une voix, mais d'une voix si douce,
Que j'en sentais à l'âme une étrange secousse,
Et que jusqu'à pleurer mon cœur était ému !

— C'est qu'en effet déjà, voyant votre front pâle,
Votre air humble, où perçait pourtant la fierté mâle
D'un homme qui du sort veut braver la rigueur,
Vos traits, où la misère avait posé son hâle,
Pleins d'une douceur triste et beaux dans leur langueur,
L'intérêt, la pitié s'éveillaient dans mon cœur.
Que dis-je, la pitié?.. curieuse, imprudente,
Je vous regardai trop, — et, dès ce premier jour,
Je ressentis pour vous la sympathie ardente,
Qui devait devenir cet invincible amour !

Déjà je vous aimais autant que je vous aime,
Oui, dès cette entrevue !... A quoi bon plus longtemps
Vous le cacher, à vous ?... J'ai, dans les premiers temps,
Voulu me le cacher vainement à moi-même,
Quand vous fûtes l'objet de mes rêves constants !...
Mes colères d'alors durent bien vous surprendre ?
Ah ! que de fois sur moi vous dûtes vous méprendre
Et vous imaginer que je vous haïssais,
Quand c'était le trop-plein d'un cœur sensible et tendre,
En butte à des tourments qu'il ne pouvait comprendre,
Qu'en mots désobligeants alors je déversais !
Ma fierté révoltée ayant trouvé son maître
Sur vous, mon noble ami, lâchement se vengeait !...
Oui, mais lorsque plus tard je pus vous mieux connaître
Et vous apprécier comme vous devez l'être,
Manières, sentiments, comme en moi tout changeait !
Il se fit dans mon cœur une clarté soudaine,
Ce fut comme un soleil qui se lève au matin,
Quand je vous entendis parler, l'autre semaine,
Dans cette après-midi mémorable et sereine,
Devant les vieux portraits et mon fils Valentin !
Comme vous étiez beau ! Quelle étrange éloquence !
La persuasion de vos lèvres coulait,
Et votre noble esprit à moi se révélait !...
Et moi qui vous avais traité sans conséquence,

Moi qui vous dédaignais, — comme depuis ce jour
Je fus fière de vous, fière de mon amour!...
Le voilà donc enfin! le voilà, me disais-je,
L'idéal qu'à vingt ans j'aurais dû rencontrer!
L'homme que son talent, sans autre sortilége,
Aurait ainsi qu'un Dieu dû me faire adorer '...
Le ciel étrangement règle les destinées,
Et l'on ne comprend rien à son ordre éternel :
Puisque pour être sœurs nos âmes étaient nées,
Pourquoi Dieu les a-t-il ici-bas condamnées
A vivre sans s'aimer, à regretter le ciel?...
Pourquoi m'a-t-on jetée entre les bras d'un autre,
Et pourquoi consentis-je à lui donner la main?
Pourquoi n'était-ce pas, ô mon Oscar, la vôtre
Que vous m'auriez tendue au début du chemin?
Où donc vous trouviez-vous à cette heure suprême,
Et que faisiez-vous donc que je ne vous vis pas?
Dis, mon Oscar chéri, toi qui m'aimes, que j'aime,
Toi, l'être fait pour moi, toi, mon autre moi-même,
Où donc dans ce moment égarais-tu tes pas?
Pourquoi ne vins-tu pas me donner ta tendresse?
Et que te manquait-il?... des titres, la richesse,
Un nom, que sais-je encor?... Mais n'as-tu pas en toi
Les titres les plus beaux, ceux qu'envierait un roi?
Tout courbe et tout fléchit devant l'intelligence!

Le talent est un sceptre, et dans son indigence
L'artiste règne encor, je t'en donne ma foi !
De l'or, d'ailleurs, un nom, la fortune, la gloire,
Tout n'est-il pas à toi, lorsque tu le voudras ?
Ne suffirait-il pas, si tu voulais m'en croire,
Pour marquer ici-bas la trace de tes pas
Et pour graver ton nom au temple de Mémoire,
De faire seulement, certain de la victoire,
Ce que font bien des gens qui ne te valent pas ?
Tu pourrais voir alors les honneurs, la richesse,
Tous les bonheurs enfin accourir tour à tour !
Et je te donnerais par surcroît de l'amour,
Si tu daignais encore agréer ma tendresse !

— O mon ange ! ô ma reine ! oh ! oui, je le sens bien,
Oui, ton amour sera ma force et ma puissance !
Rien que par gratitude et par reconnaissance
Je veux qu'un jour ton nom s'illustre par le mien,
Et je me sens de force à ne douter de rien !
Avec un tel amour, j'en suis sûr Eugénie,
Oui, je puis tout avoir, — et j'aurai du génie !
L'effort sera facile et le labeur aisé,
Si ton sourire, ainsi qu'un astre dans la brume,
Vient planer sur mon front et diriger ma plume,
Et si par lui mon zèle est sans cesse aiguisé !

Les plus brillants travaux vont tenter mon courage!
Rien qu'un de tes regards, et je vais tout oser,
Et je vais entreprendre un vaste, un noble ouvrage,
Sur lequel, dès l'instant que j'aurai ton suffrage,
Mon espoir glorieux pourra se reposer!
Rien ne peut désormais m'arrêter, ni personne!
Eh! quel homme oserait se mesurer à moi,
Qui voudrait m'égaler et m'ôter la couronne,
Quand ton cœur est le juge et que ta main la donne,
Et que tous mes succès ne viendront que de toi?
Oh! mais songes-y bien, songe que ta tendresse,
Étant ma seule force, est aussi ma faiblesse!
Tu peux faire ma joie ou ma peine ici-bas,
Ma vie est à jamais enchaînée à tes pas!
Songe que c'en est fait, si ton cœur me délaisse,
Et qu'à ton abandon je ne survivrai pas!

— T'abandonner, mon cœur! te délaisser mon ange!
D'où te vient maintenant cette pensée étrange?
Quelle preuve, ô mon roi, te faut-il donc donner,
Parle! que je ne veux jamais t'abandonner?
Veux-tu que nous partions, dis, veux-tu fuir ensemble,
Passer à l'étranger, en Suisse, n'importe où?
Va, mon cœur devant rien ne recule et ne tremble!
Et le monde est bien grand de l'un à l'autre bout!

Mais pourvu qu'un foyer quelque part nous rassemble,
Que tu sois près de moi, je serai bien partout !
Partons ! mettons la mer, les fleuves, les montagnes,
Entre nos jours passés et cet amour nouveau !
Que l'immense Océan nous lave dans son eau !
Qu'en de vertes forêts, qu'en de vierges campagnes
Nos deux cœurs rajeunis se fassent un berceau !
Pourvu que ton cœur m'aime et que tu m'accompagnes,
Le lieu choisi par toi sera toujours trop beau !
Partons ! n'hésitons pas ! quittons, quittons la France !
Elle n'offre à tous deux que douleur et souffrance ;
Une chaîne m'y tient qui me serre le cou,
Je la brise et je pars ! — Partons pour n'importe où !
Oh ! si tu veux unir ma fortune à la tienne !
Si tu veux ne plus voir nul obstacle entre nous !
Si tu veux, — comprends-tu ? — qu'à toi seul j'appartienne !
Si tu veux devenir, là-bas, loin d'un époux,
Mon maître et mon seigneur, — que je sois ton esclave !
Partons ! partons !.. Là-bas plus de fers, plus d'entrave !
Nous serons libres, seuls ! oh ! ce sera trop doux !

— Sans doute, c'est fort bien ! mais comment vivrons-nous ?
Tu ne supposes pas, pour payer la dépense,
Que j'emporte d'ici quelque chose, je pense ?

— Mais si nous n'avons rien, toi, tu travailleras !
J'essayerai, s'il le faut, .de travailler moi-même !
Est-il rien d'impossible à la femme qu'on aime,
Et, quand on a du cœur, n'a-t-on pas ses deux bras !
Et puis, va, mon trésor, tu ne me connais pas :
Tu me crois dépensière, et folle de toilette,
N'aimant que les chiffons... Mais pourvu, chaque mois,
Que j'aie un chapeau neuf, une robe proprette,
Quelques paires de gants...

        — Ange aimé ! je te crois.
Mais je n'exige pas d'aussi grands sacrifices !
Va, pourvu que de moi jamais tu ne rougisses,
Que tu n'en viennes pas à pleurer ces aveux,
Que, ne pouvant remplir la place tout entière,
Tu me gardes au moins dans ton cœur la première,
Et que tu sois toujours secourable à mes vœux,
Je m'estime content, c'est tout ce que je veux !
Quant à moi, je l'ai dit, je le répète encore,
Ma vie est dans la tienne, et mes jours sont les tiens !
Jusqu'au jour de ma mort je brûle et je t'adore,
Et dans l'éternité je t'aime et t'appartiens !
Mon cœur, mon avenir, mon honneur et mon âme,
Ma gloire, si j'en ai, mon génie et sa flamme,
Et mon nom, et mes biens, le jour qu'il m'en viendra,

Je mets tous ces trésors entre tes mains de femme,
Et tu peux en user suivant qu'il te plaira !
Après m'avoir tiré de l'ombre à la lumière,
Tu peux me replonger des plus brillants sommets
Au fond de ma misère et de ma nuit première ;
Mais moi, si de tes feux tu te repens jamais,
Je jure de t'aimer à mon heure dernière
Comme, voilà six mois, sans espoir je t'aimais !

— Et moi, je jure ici sur mon âme immortelle,
Devant Dieu, devant toi, devant l'éternité,
Et devant ce soleil et cette aube nouvelle
Qui jettent sur nos fronts leur tremblante clarté,
Devant ce firmament d'où s'en vont les étoiles,
Et par ces astres d'or repliés dans leurs voiles,
En présence des cieux, en présence du jour,
Par cette belle nuit de plaisirs et d'ivresses
Qui vient de s'écouler, — où tous deux tour à tour
Nous avons épuisé nos meilleures caresses,
Je jure... je te jure un éternel amour !
Désormais notre sort est rivé l'un à l'autre !
Je brave l'univers et tout pouvoir humain !
Je ne reconnais plus d'autre amour que le nôtre !
Je mets en toi ma vie, et ma main dans ta main !
Nous marcherons unis jusqu'au bout du chemin !

Et lorsque, au jour marqué, nous quitterons la terre,
Jusqu'au trône de Dieu nous monterons ainsi,
Et là, debout tous deux devant ce juge austère,
Tu me regarderas, et je dirai ceci :
— C'est à toi, Dieu clément, à toi que j'en appelle !
Ne nous créas-tu pas pour nous aimer tous deux?..
Le monde avait faussé ta justice éternelle :
Nous étions condamnés à vivre malheureux.
Mais nous, sans écouter ses ordres rigoureux,
Nous avons dédaigné cet arrêt arbitraire...
Toi, tu n'es pas lié par ce qu'on fait là-bas,
Et les lois des humains ne te regardent pas.
Brise donc comme nous leur arrêt, Dieu sévère !
Joins nos mains à tous deux dans ton éternité !
C'est lui, mon fiancé, lui qui m'aime et que j'aime !
Ne nous sépare pas, et pour nous l'enfer même
Sera le lieu de joie et de félicité !..
J'ai juré, dans le temps que j'habitais la terre,
De l'aimer jusqu'au jour de monter devant toi,
De n'avoir que lui seul et pour guide et pour loi !
Voici le jour venu : maintenant, juge austère,
Tu peux certifier si j'ai gardé ma foi! »

O serments ! — Savent-ils ceux qui dans leur délire
Vous prennent pour garants de leur fidélité,

Ce qu’à l’heure prochaine où la tendresse expire,
On peut compter de jours à votre éternité?
Savent-ils les instants que dure votre empire,
Et qu’on ne vit jamais plus courte royauté?
Que bientôt, conscients de leur déloyauté,
A votre souvenir leurs lèvres vont sourire,
Elles qui proclamaient votre sincérité?
Et que vous que leur main sur l’airain semble inscrire,
Rien n’égale ici-bas votre fragilité,
Sinon pourtant la pompe et la solennité
Que tous les amoureux mettent à vous redire?
Qu’après avoir juré par la terre et les cieux
Les pactes les plus saints que plus tard on déchire,
Et posé sur leur cœur ce sceau religieux,
Dieu que l’on attestait n’a pas fermé le livre
Où l’on voulait qu’il mît ces promesses d’amants,
Que déjà, c’en est fait, le cœur se désenivre
Et ne reconnaît plus ses plus sacrés serments?
Savent-ils qu’il n’en doit rester aucune trace,
Et que de ces serments à toute heure entassés
Qu’un autre amour renie et que le temps efface,
Il n’en est que bien peu qui n’aient été faussés?
Et qu’il n’est ici-bas, où tout meurt et tout passe,
De durable et constant que l’infidélité!
Que c’est le sort, la règle et la fatalité!

Et qu'ainsi va la vie, et qu'ainsi va le monde,
Et que puisqu'ils font tant que de vivre ici-bas,
Sur de meilleurs garants si leur amour se fonde,
Leur espoir est trompeur et leur erreur profonde,
Et qu'ils en vont trouver la preuve à chaque pas?...
Oh! non, soyez-en sûrs, ils ne le savent pas!
Soyez sûrs qu'ils sont francs et qu'ils se croient sincères,
Et que les faux-fuyants n'y sont pas nécessaires!
Que s'ils l'ont su jamais, ils l'ont vite oublié!
Et que l'être naïf qui cède à son ivresse,
A peine dégagé d'une sainte promesse,
Par son nouveau serment se croit enfin lié!...
Qu'est-ce donc que l'amour, et quel bizarre songe,
Si le cœur en aimant rêve tout éveillé,
Et si le plus loyal et le mieux conseillé
Ne fait que répéter un éternel mensonge,
Lorsqu'il prend à témoin de sa sincérité
Dieu, le monde et les cieux, l'âme et l'éternité!

VII

PAR RICOCHET

BIEN que d'une marquise on eût les bonnes grâces,
Il fallait cependant, — et c'était leurs accords, —
D'un simple précepteur garder tous les dehors,
Et de leur passion si bien cacher les traces
Que nul ne pût surprendre et relever contre eux
Quelque indice d'entente, une démarche folle,
Un clignement des yeux, un geste, une parole,
Un mot qui pût trahir leur bonheur d'amoureux
Et perturber le cours des jours les plus heureux.

C'est pourquoi Philibert, comme à son ordinaire,
Prodiguait tous ses soins au jeune Valentin,
Qui, lui, n'ayant qu'un goût peu vif pour la grammaire
Et détestant le grec autant que le latin,
Était de plus en plus indocile et mutin ;
Et, passant tout son temps au dehors, sans rien faire,
A courir dans le parc et battre le jardin,
Témoignait chaque jour un plus profond dédain
Pour Homère et Virgile et le dictionnaire.
Aussi, quand arrivait l'heure de la leçon,
L'espiègle s'échappait bien loin de la demeure,
Et son maître devait le chercher plus d'une heure
Avant de dénicher le jeune polisson.

Un jour donc qu'il l'avait attendu dans sa chambre,
Longuement, vainement, sans le voir arriver,
Et qu'il avait fallu sortir pour le trouver...
C'était sur le midi, par un jour de septembre :
Le soleil encor vif de la fin de l'été,
Avant d'abandonner la terre, sa maîtresse,
Lui donnait sa plus chaude et dernière caresse,
Et dans l'air embrasé semait la volupté.
Les arbres énervés, laissant pendre leurs branches,
Semblaient comme pâmés sous un ciel tout en feu ;
Les oiseaux se taisaient, et quelques vapeurs blanches

Seules apparaissaient sur le firmament bleu ;
Les fleurs que le zéphyr à l'aurore soulève
Sur le gazon penchaient la tête en ce moment,
Le terrain desséché leur refusant la séve,
Et, comme une maîtresse auprès de son amant,
Sur le sol épuisé s'inclinaient tristement...

Et Philibert cherchait vainement son élève.
Il avait visité la cave et les greniers
Et fouillé de la cour le moindre recoin sombre,
Du parc et du jardin battu tous les sentiers
Sans avoir aperçu Valentin ni son ombre.
Aussi, désespérant de pouvoir de sitôt
Découvrir la retraite où se cachait le drôle,
D'un bon maître d'ailleurs ayant rempli le rôle,
Il se disposait donc à rentrer au château,
Lorsque, d'un tertre vert élevé comme un dôme,
Embrassant l'horizon par un dernier regard,
Son œil dans la forêt avisa par hasard,
Loin des sentiers battus, une hutte de chaume
Qui, dans un lieu désert, se dressait à l'écart.
C'était une cabane où, dans le cas de pluie,
S'en venaient s'abriter parfois les bûcherons;
La vigne folle et l'herbe avec les liserons
Et le lierre grimpant l'avaient toute envahie,

De sorte que, discrète et dérobée aux yeux,
Et sous l'épais rideau des arbres enfouie,
Pour se cacher de tous on n'eût pu trouver mieux.
Philibert d'un pas lent se dirigea vers elle,
A travers les grands troncs serrés de la forêt,
Ne faisant en marchant nul bruit qui vous décèle,
D'autant qu'en cet endroit l'herbe fraîche et nouvelle
Poussait avec vigueur, et qu'on n'y rencontrait
Ni ronce qui vous mord, ni pierre où le pied butte,
Et que le bruit des pas mourait sur le gazon,
Si bien qu'il vit, entrant brusquement dans la hutte,
Le jeune Valentin aux bras de Louison.

Elle se rajusta d'une main vive et preste,
Rouge d'émotion et de honte à la fois,
Et laissant Valentin interdit et pantois,
Sans en dire plus long, s'échappa d'un pied leste.
Les discours n'étaient pas pour l'heure de saison,
Les reproches non plus, et pour cette raison
Le maître ne dit mot, fort empêché sans doute.
Et tous deux, l'écolier avec le précepteur,
Du château qu'on voyait au loin gagnant la route,
Revinrent, l'un confus et l'autre tout rêveur.

Épouses de misère, ô fléau des familles,

Qui vous laissez aller dans les bras d'un amant,
Prenez garde à vos fils et songez à vos filles :
C'est d'eux que doit venir un jour le châtiment !
Il faut dès ici-bas que vous soyez punies,
Et pour que votre faute enfin crève vos yeux,
Que vous la puissiez voir, pleine d'ignominies,
S'étalant sur les fronts que vous aimez le mieux !
Si, par grâce, le ciel ne vous punit vous-même,
La peine frappera votre fils innocent !
Oui, ceux que vous aimez, — oui, celui qui vous aime,
Ayant reçu de vous cette tache en naissant,
La lavera pour vous et dans son propre sang !
Et la punition vous semblera cruelle,
Vous ne comprendrez pas que vos crimes passés
Par de plus purs que vous doivent être effacés,
Et vous accuserez la justice éternelle,
Quand sonnera pour vous cette heure solennelle,
Et vous vous roulerez, le front sur le carreau !
Allez ! n'accusez pas la justice divine,
Mais n'accusez que vous, frappez-vous la poitrine,
Car vous aurez été vous-même le bourreau !
Quand tout est oublié, si le scandale éclate,
Quand vous les croyez purs, s'il vient de vos enfants,
Sans qu'en d'autres pensers votre esprit se débatte,
Rappelez-vous vos jours mauvais et triomphants !

Rappelez-vous vos nuits de folie et d’ivresse,
Quand le ciel et l’enfer, tout était oublié !
Eh bien ! chaque baiser avec chaque caresse,
Il faut que chacun d’eux soit enfin expié !
Rien qu’une infraction, même la plus petite,
Et du bien et du mal l’équilibre est rompu ;
Par l’expiation ou bien par le mérite,
Quelqu’un doit relever le plateau descendu !
Votre crime est allé grandissant par le monde,
Chargeant parfois celui qui ne l’a pas commis,
Et, comme le caillou lancé par une fronde,
Il a frappé quelqu’un parmi des fronts amis !
Car, pour le châtiment ou pour la récompense,
Nous avons rarement les lots que nous ont faits
Nos meilleures vertus ou nos pires forfaits ;
Mais comme tout s’expie et que tout se compense,
Afin que le niveau se maintienne à jamais,
Les bons doivent parfois payer pour les mauvais !

VIII

L'ARRIVÉE DU MARI

Tous ceux qui d'un récit savent percer la trame
Et qui, laissant l'auteur avec eux badiner,
Dès le premier chapitre ont su le deviner,
Sans doute à cet endroit pressentent quelque drame.
La lectrice a frémi, son cœur s'est attendri,
Elle qui dès l'abord a peut-être souri,
Une pâleur subite a couvert son visage,
Quand elle a vu soudain au détour d'une page
Ce titre flamboyer : *Le Retour du mari !*

Et déjà son oreille a cru peut-être entendre
Le coup de pistolet dont meurt le séducteur,
Assez simple qu'il est pour se laisser surprendre !
Ou bien c'est le marquis avec le précepteur,
Et leurs quatre témoins escortés d'un docteur,
Tous les deux dans le parc allignant leur épée. .
Hélas ! qu'en son attente elle sera trompée !
Au théâtre, il est vrai, cela se passe ainsi ;
Il n'est pas de roman dont la fin ne soit telle.
Mais le monde en ses mœurs s'est beaucoup adouci,
Et la conclusion devient plus naturelle,
Dès l'instant qu'il s'agit d'une histoire réelle
Et prise sur le fait, — telle qu'est celle-ci.

L'automne étant venu, fidèle à sa promesse,
Le marquis un beau jour débarquait au château,
Et, sans prendre le temps de quitter son manteau,
Au milieu de ses gens dont la foule s'empresse,
Donnant à la marquise, en signe de tendresse,
Un serrement de main, un baiser sur le front,
S'en allait aussitôt, sans marquer plus d'ivresse,
Visiter le chenil et l'écurie à fond.
En personne prudente et très-bien élevée,
Il avait, pour ce jour, mandé son arrivée,
De sorte qu'on avait envoyé son landau

L'attendre à l'heure dite à la prochaine gare,
Et que, sans contre-temps, sans heurt et sans bagarre,
Au jour dit, il mettait le pied dans son château ;
Et qu'ainsi loge, office, écurie et remise,
Antichambre et jardin, à cette heure précise,
Tous les gens du château s'attendant à le voir,
Depuis le dernier groom jusques à la marquise,
On s'était tenu prêt à le bien recevoir.

Mais il n'était pas seul : Paris et la province,
Membres du Jockey-Club, ou simples hobereaux,
— Honneur qui pour ceux-ci n'était certes pas mince,—
Devaient pour quelques jours être ses commençaux ;
Des châteaux d'alentour, tous menant grand tapage,
Les Nemrods accouraient au joyeux rendez-vous,
Car l'on devait bientôt, en brillant équipage,
Donner la chasse aux cerfs et tuer force loups.
Or donc, les uns garçons, d'autres avec leur femme,
Amenant avec eux leurs chiens et leurs chevaux,
Formaient d'êtres bruyants le plus fol amalgame ;
Et chaque heure en voyait arriver de nouveaux.
La cour, les corridors s'emplissaient de vacarme,
Dans tous les escaliers on montait, descendait,
Et dans ce brouhaha la tête se perdait ;
A chaque instant du jour c'était le bruit d'une arme

Qui dans le fond du parc tout à coup éclatait
Et que l'écho des bois au loin répercutait ;
Cependant qu'au château, ce bruit jetant l'alarme,
Les meutes aboyaient, les chevaux piaffaient,
Et que bêtes et gens à l'envi s'échauffaient.

Dans ce bourdonnement à ne pouvoir s'entendre,
La marquise, devant à tous un compliment,
S'excusant sur le gîte et sur l'arrangement,
Se trouvait, — il était aisé de le comprendre, —
Forcée à son regret d'oublier son amant.
Il avait trop d'esprit pour qu'en un tel moment
Il dût lui reprocher de paraître moins tendre,
Quand le marquis d'ailleurs aurait pu les surprendre,
Ou quelqu'autre, au milieu de leur contentement
Sans s'impatienter il devait donc attendre
Que tous fussent partis ; mais après leur départ
Le bonheur reviendrait ! car vraiment de sa part
C'était une folie insigne de prétendre
Que son cher souvenir déjà fût effacé,
Et qu'ayant retrouvé son amoureux cortége,
Et le comte de B. et le baron de C.,
Son cœur, prenant soudain la froideur de la neige,
Semblât à son endroit complétement glacé.

Pourtant dans la forêt de feuilles dévêtue,
Interrogeant le sol et la trace des pas,
Le maître louvetier faisait une battue
Qui, depuis huit grands jours, ne le contentait pas.
Plus heureux à la fin qu'il n'était de coutume,
Par un jour de novembre il revint à la brume,
Annoncer au marquis qu'il avait dépisté
Dans un val, au revers de la Montagne Noire,
Près d'un étang, où tous vers le soir venaient boire,
Une bande de loups, — celle qui, cet été,
Rôdait probablement à l'entour des étables,
Et qui, le froid venu qui décuplait leur faim,
Avait par des dégâts vraiment épouvantables
Répandu la terreur jusqu'au hameau voisin.
Par des transports de joie et des cris d'allégresse
Le maître louvetier est salué soudain;
Chacun le complimente et près de lui s'empresse,
Puis court à ses valets, les excite et les presse
Pour mettre à leurs apprêts une dernière main;
Car, après maints débats sur l'heure convenable,
Sur le gîte, et la piste, et le plus court chemin,
L'état du ciel, le vent, et le temps favorable,
La chasse est d'un accord fixée au lendemain.

I X

EN CHASSE

A peine à l'horizon l'aube encore indécise,
Messagère inquiète et frileuse du jour,
A travers le brouillard que dissipait la brise,
Jetait sur le château sa lueur terne et grise,
Que déjà les piqueurs réunis dans la cour,
Criblant de coups de fouet chaque meute à la ronde
Qui soudain bondissait, hurlante et furibonde,
Et donnant tour à tour à pleins poumons du cor,
Au bruit d'une fanfare éclatante et profonde,

Éveillaient les chasseurs qui reposaient encor.
Bientôt chacun descend, chacun saisit la bride
Des mains du domestique, et s'élance à cheval,
Et, lui flattant le col, après un bond rapide,
Le garde, impatient du frein, jusqu'au signal.
Le marquis affairé, les regards pleins de fièvre,
S'emportant, gourmandant ses gens et les pressant,
S'en va de l'un à l'autre, un cigare à la lèvre,
Et cravache à l'envi son groom et son pur sang.
Cavalier, par ma foi, fort adroit quoiqu'imberbe,
Pour la première fois qu'il chasse heureux et fier,
On peut voir Valentin sur un poney superbe,
Et Philibert aussi... Certes, sans oublier
Messieurs de B. et C., attendant la marquise,
Équipés tous les deux d'une façon exquise,
Et, — fait qu'il est ici bon de spécifier, —
Tous deux auxquels la grâce est dès longtemps acquise
De présenter la bride et d'offrir l'étrier.
Enfin dans les accords de la chasse qu'on sonne
Et le bruit des chevaux cabrés de toute part,
La marquise apparaît en robe d'amazone,
Avec un haut chapeau qu'un long voile environne,
Et, jetant autour d'elle un gracieux regard,
Descendant lentement le perron, elle donne
Un salut à chacun, monte en selle, — et l'on part.

On part, — et la joyeuse et folle cavalcade,
D'abord marche en bon ordre et modère le pas,
Suivant le louvetier qu'on ne dépasse pas;
Mais bientôt les voici tous à la débandade,
A leurs chevaux fougueux abandonnant la main,
Se distançant l'un l'autre et gagnant du chemin.
Le galop les excite, et dans l'air qui frissonne
Ils filent comme un trait jusques au bois lontain;
Et, déroulant leurs plis, les voiles d'amazone
Flottent comme un pennon au vent frais du matin.
Sous les pieds cadencés des chevaux le sol tremble;
Un long brouillard les suit, chassé de leurs naseaux.
Réveillés tout à coup dans leur nid, les oiseaux
Des buissons du chemin s'envolent tous ensemble,
Et les canards troublés plongent sous les roseaux.
Tout s'émeut autour d'eux, et la troupe sonore
Poursuit allègrement sa course vers les bois.

C'est un plaisir si vif que d'aller à l'aurore
Sur un fringant cheval paré d'un bel harnois,
Respirer le grand air, courir à l'aventure,
Et, d'un rapide élan traversant la nature,
Emporter dans ses yeux et son cœur à la fois
Tous les tableaux mouvants qu'alors elle déroule!
C'est un plaisir si vif, quand le sol que l'on foule

Semble glisser sous vous avec rapidité,
Et qu'en un tourbillon il semble que l'on roule,
Et que l'ont sent sa vie en pleine activité !
Mais quand c'est pour la chasse, et quand c'est en automne,
Quand l'âpre vent des monts a fouetté votre sang,
Et qu'on entend des cors le chant large et puissant,
Et que dans la campagne aride et monotone
Une blanche gelée a glacé les gazons,
Et que dans la forêt, veuve de frondaisons,
Les arbres vers le ciel dressent leurs branches noires,
Et que les chiens, ouvrant leurs féroces mâchoires,
Jettent leurs aboiements auxquels l'écho répond,
Alors c'est un plaisir qui n'a pas son second !
Car les fauves, là-bas, sortent de leur tanière
En entendant les chiens et les cors s'approcher ;
Le danger est là-bas, et l'on court le chercher,
Et l'on se sent déjà plein d'une humeur guerrière,
Et l'on rêve déjà des plus sanglants exploits,
Et pour peu l'on croirait, — vu qu'on disait naguère
Que la chasse est l'image en tout point de la guerre, —
Être un de ces fameux paladins d'autrefois
Qui, d'un trône inconnu poursuivant la conquête
Et d'actions d'éclat le cœur toujours en quête,
S'en allaient chevauchant sur leurs grands palefrois !

Mais voici que déjà la chasse au loin résonne,
Et que tous les limiers dispersés dans les bois,
Aux fanfares des cors mêlant leurs sourds abois,
A travers les vallons que leur troupe sillonne,
Sur la piste éventée ont donné de la voix.
De la montagne au val la meute tourbillonne,
Folle, jetant au vent ses abois furieux,
Montant et descendant comme un flot qui moutonne.
Puis voici que le cor soudain éclate et tonne,
Et puis meurt; et les chiens disparaissent aux yeux.
Mais au bout d'un instant la clameur recommence,
Et, faible dès l'abord, grandit en s'approchant;
Et puis, bruyante enfin, dans le val débouchant,
La meute reparaît en une file immense,
Coupée et dispersée, ayant perdu le vent.
Et, groupée à nouveau, les piqueurs la suivant,
A l'assaut d'un coteau la voici qui s'élance,
Jetant de la hauteur un terrible aboiement;
Puis, au fond d'un ravin croulant en un moment,
Tout retombe aussitôt dans un profond silence.

Cependant les chasseurs du sommet des coteaux
Ont pu voir une louve avec huit louveteaux
S'enfuir devant les chiens dont la troupe s'avance.
Et, parmi ces limiers de race et de renom,

Médor, qui court en tête et toujours les devance,
Semble le plus ardent et le plus furibond.
Il se passe pourtant une chose bizarre :
Soit orgueil ou colère, ou bien vanité rare,
Lorsque dans cette course un de ses compagnons
Marche trop près de lui, le frôle ou le dépasse,
Médor tombe sur lui pour punir son audace
Et des pattes du chien ne fait que des moignons.
Et lui qui, fin limier, ne perd jamais la piste,
On dirait aujourd'hui qu'il le fait à dessein :
Quand il est dans la voie, au lieu qu'il y persiste,
On le voit comme exprès se tromper de chemin,
Entraînant avec lui tout l'aboyant essaim.
Puis, au lieu de chercher à retrouver sa route,
Il faut que les piqueurs l'y lancent de nouveau.
D'un tel chien ce n'est pas naturel, et sans doute
Quelque chose de grave a troublé son cerveau.

Pourtant depuis le temps que dure la poursuite
La constance des chiens n'a pas été détruite :
La louve et ses petits perdent à chaque instant.
Les louveteaux lassés ne se traînent qu'à peine ;
Eux et leur mère enfin, s'arrêtant hors d'haleine,
Se trouvent acculés sur le bord d'un étang.
Là, de tous les côtés, les chiens les enveloppent ;

D'un féroce aboiement tout le val est empli.
Déjà le tourbillon des chasseurs qui galopent
Accourt en entendant le funèbre hallali.
De tous les coins du bois quelque piqueur débouche,
Armant ses pistolets, dégaînant son couteau ;
Mais celui qui se trouve arrivé le plus tôt
Pour repaître ses yeux de ce drame farouche,
Ce n'est pas un chasseur, ce n'est pas un piqueur ;
Mais, dans le désarroi de tous les chiens surprise,
Seule, et pourtant bravant le péril de bon cœur,
La première qui vint, ce fut notre marquise.

C'est alors que Médor l'aperçut tout à coup.
Contre ses compagnons las d'exercer sa rage,
Et voyant qu'il perdait sa peine et son courage
A lutter vainement sans sauver aucun loup,
Il s'était retiré du milieu du carnage,
Et pleurait à l'écart, laissant pendre son cou,
Quand cette vision sembla le rendre fou.
Peut-être il se souvint d'une leçon cruelle,
Et d'un bond furieux il s'élança vers elle,
L'œil tors, la gueule ouverte et le poil hérissé !...
Mais voici qu'accouru près d'elle à toutes brides,
Philibert à l'encontre était déjà placé !
La pensée et l'éclair ne sont pas plus rapides ;

Aussi, quand de Médor la gueule se ferma,
La substitution s'était faite si vite
Que dans ce mouvement de colère subite
Ce fut du précepteur la main qu'il entama.
Philibert déchargea d'ailleurs sur lui ses armes.
Puis, voyant la marquise en proie au désespoir,
A qui l'aspect du sang arrachait quelques larmes,
Il eut bien vite fait de calmer ses alarmes
En souriant gaîment, — et sans la laisser voir,
Autour de sa blessure il serra son mouchoir.

Un Philibert blessé, c'était trop peu de chose
Pour que l'on s'arrêtât à ce maigre incident.
La marquise loua son courage imprudent,
Et seule quelque temps en eut le front morose.
Or donc, sans s'occuper de lui plus amplement,
Assis en rond sur l'herbe, on déjeuna gaiement,
La chasse dans le val ayant fait une pause.
Et l'on revint le soir, à travers les coteaux,
Vers le manoir brillant de l'éclat d'une fête,
Très-triomphalement, et les piqueurs en tête,
Avec la louve morte et ses huit louveteaux.

X

LE RETOUR A PARIS

O sentiments éclos dans une heure choisie,
Belles fleurs qu'on respire et qu'effeuille la main,
Romans inachevés, fragments de poésie,
Vous n'avez pas de suite et pas de lendemain,
O chefs-d'œuvre du cœur et de l'esprit humain !...
Ainsi, — par tous les soins du monde ressaisie,
Dès qu'elle eut mis le pied au faubourg Saint-Germain,
La marquise sembla, caprice ou fantaisie,
Avoir laissé s'enfuir son amour en chemin.

C'est un fait remarqué que le tableau qu'on aime,
Si le cadre est changé, ne semble plus le même,
Et que souvent un homme, en changeant de milieu,
Ayant fait d'une belle agréer son hommage,
Quand dans un autre monde apparaît son image,
Perd la moitié des dons qu'il a reçus de Dieu.
Alors subitement la dissonance éclate,
Chaque ton s'exagère et devient disparate ;
Les couleurs que l'amour fondait précédemment
Se repoussent soudain, — et l'amante et l'amant,
N'ayant plus sur les yeux le prisme qui les flatte,
Méconnaissent l'objet de leur enivrement.
Celui qui, loin du monde, au fond d'une campagne,
Dans un château désert que fuyaient les plaisirs,
Avait d'une marquise excité les désirs,
Au point qu'elle aurait pu devenir sa compagne,
Et qui, par le destin mis dans les derniers rangs, ,
Semblait, par son génie et son âme profonde,
Mériter d'être un jour l'émule des plus grands,
Maintenant dans Paris, au milieu du beau monde,
Était redevenu le simple précepteur,
Et, voyant son bonheur s'enfuir comme un mirage,
N'obtenant même plus un regard protecteur,
Ni rien qui le tirât du rang de serviteur,
Loin de l'objet aimé dévorait seul sa rage.

Hélas! oui, relégué dans un coin de l'hôtel,
Philibert, consumé par un ennui mortel,
Sentait à chaque instant, dans son cœur solitaire,
Grandir sa passion ainsi que sa colère,
Et ses esprits troublés flotter irrésolus.
Lui dont l'amour devait être sans exigence,
Voici qu'il méditait quelque noire vengeance.
Les obstacles semblaient un excitant de plus.
La marquise, on eût dit, ne voulait plus l'entendre.
Maintes fois il avait tâché de la surprendre,
Quand il la supposait seule dans son salon,
Et là, de profiter d'un moment d'abandon,
Pour émouvoir son cœur par l'accent le plus tendre
Et lui faire acheter chèrement son pardon.
Mais cette occasion se faisait bien attendre,
Car son nez, en venant, s'était toujours cassé
Sur le comte de B. ou le baron de C.
Ah! c'était à la fin par trop fort! et son âme,
Jalouse de ses droits, frémissait de courroux
En se représentant l'un d'eux à ses genoux.
Il fallait donc qu'on sût que cette grande dame,
Si prompte à renouer de nouvelles amours,
S'était donnée à lui, pauvre homme, et pour toujours!
Que d'être leur rival on l'avait jugé digne!
Mieux encor : qu'il s'était trouvé rival heureux!

Et qu’il est malaisé qu’un cœur bien amoureux
Au plus complet oubli si vite se résigne !...

C’est dans ces sentiments de colère et d’amour
Que notre Philibert se trouvait donc un jour,
Quand le hasard lui fit rencontrer la marquise,
Dont la pensée errait alors bien loin de lui,
Seule dans son salon, au coin de l’âtre assise.

« Enfin ! je pourrai donc vous parler aujourd’hui !

— Grand Dieu ! vous m’avez fait une frayeur extrême !
S’écria la marquise en tressautant soudain.
On n’entre pas ici, monsieur, comme au moulin.

— Bah ! c’est bien de cela qu’il s’agit quand on s’aime !
Dit-il, sans s’arrêter à ces mots de dédain.
Et, s’asseyant près d’elle, il lui baisa la main.

— Mais véritablement vous êtes d’un sans gêne
Et d’une brusquerie à confondre les sens !

— Ne vous emportez pas, je suis calme, ma reine !
Moi j’agis, vous savez, toujours comme je sens,
Et je vous aime encore... Et vous, ma souveraine ?...

— Que demandez-vous là, mon Oscar adoré ?
Je vous aime toujours, puisque je l'ai juré !

—Ah ! vraiment, vous m'aimez toujours, mon Eugénie ?

— Oui, mais ne parlez plus sur ce ton d'ironie,
Ou je serai forcée à rompre l'entretien.

—Vous m'aimez ! vous m'aimez ! Oh ! oui, vous m'aimez bien !
Vous m'aimez tellement qu'en toute une semaine
J'ai pu vous entrevoir une ou deux fois à peine :
Un soir en traversant la cour, — et l'autre fois,
Quand vous êtes partie en coupé pour le Bois.
Votre cœur à l'oubli tellement bien résiste,
Que vous ne savez plus, je gage, si j'existe,
Et que depuis deux mois, depuis notre retour,
Vous n'avez eu pour moi, qui vous suis à la piste,
Et qui dans ma folie, et malgré tout, persiste,
Pas même un seul regard, pas même un mot d'amour !
Vous m'aimez tellement, madame la marquise,
Que vous allez au bal, au théâtre, à l'église,
Et que vous ne manquez ni sermon ni concert,
Que vous avez du temps à perdre à toute chose,
Si ce n'est pour la seule où ma foi se repose,
Et que vous n'oubliez que moi, — moi, Philibert !

Vous m'aimez tellement que quelquefois je doute
De moi-même, — de tout, et crois avoir rêvé
Et que rien entre nous n'est jamais arrivé,
Et que mes souvenirs s'en vont tous en déroute,
Et que tous ces tableaux qu'ils retracent souvent
A mes regards brûlés me semblent un mensonge,
Et qu'en vous embrassant je ne faisais qu'un songe,
Et qu'en vous entendant c'était le bruit du vent,
Et qu'en vous possédant je ne serrais qu'une ombre,
Un fantôme qu'avait forgé ma passion,
Et que tous nos baisers et nos serments sans nombre
Ne sont qu'une chimère et qu'une illusion !

— Mais vous savez très-bien, mon ami, le contraire,
Et que ces souvenirs ne sont que trop réels !
Ils ne peuvent d'ailleurs qu'être doux et vous plaire,
Si vous vous rappelez nos serments mutuels !
Que votre confiance à la mienne réponde !
Vous savez ma promesse et ne m'en dédis pas !
Mais vous savez aussi que l'on se doit au monde,
Qu'on ne le peut heurter, et qu'il est ici-bas
Des lois que par malheur on ne peut pas enfreindre,
Avec des préjugés qu'il nous faut respecter,
Et qu'il vaut mieux en rire au lieu que de s'en plaindre,
Et qu'avec l'univers on ne peut pas lutter.

Ainsi donc, si je fais visite sur visite,
Si je reçois ici plus d'un indifférent,
Si je donne des bals où tout Paris se rend,
La coutume le veut, mon rang le nécessite ;
Mais ce sont, croyez-le, des moments bien peu doux,
Et pendant tout le temps je ne pense qu'à vous !

— C'est sans doute pourquoi jamais on ne m'invite ?

— Vous inviter au bal !... Ah ça ! sommes-nous fous ?
Au bal ! y pensez-vous ! vous, un homme d'étude !
Vous qui ne vous plaisez qu'avec les grands esprits
Et les penseurs profonds, et leurs doctes écrits !
Vous qui, par-dessus tout, aimez la solitude
Et le calme où l'esprit se recueille tout bas !
Vous inviter au bal, mais vous n'y songez pas !
Vous, si plein de dédain pour nos plaisirs futiles,
Pour le monde et son bruit et son vain tourbillon !
Vous qui pensez qu'il est des talents plus utiles
Que celui de savoir conduire un cotillon !
Vous qui, loin des salons et de leur vain tapage,
Aux plus beaux traits d'esprit du jeu du corbillon,
Préférez de Platon lire une belle page !
Vous, un homme d'esprit, de cœur et de savoir,
Vous viendriez au bal ?... C'est à n'y rien comprendre !

8.

— Mais j'aurais, sans compter le plaisir de vous voir,
Sinon de vous parler, celui de vous entendre.

— Ah ça! vous y tenez!... Eh bien! venez ce soir.
J'aurai précisément réunion nombreuse.
Vous avez, je le sais, un fort bel habit noir,
Et je mettrai mes soins à vous bien recevoir.
Si cela seul rendait votre âme malheureuse,
C'était vraiment à vous une noirceur affreuse
De ne me l'avoir pas plus vite déclaré.

— Madame, vous pouvez compter que j'y serai. »

XI

L'ENRAGÉ

DEPUIS soixante jours qu'à travers chaque veine
Le virus corrupteur a d'un pas incessant,
En charriant la mort, cheminé dans le sang,
Les soins viendraient trop tard, toute espérance est vaine.
D'ailleurs rien ne présage un triste dénoûment :
Ni fureur ni colère, aucun égarement ;
La bouche à ses deux coins n'a pas trace de bave,
Le pouls est bon, les yeux regardent froidement.
Dans ses flancs, où le feu couve encor sourdement,

Le volcan en fureur chauffe et retient sa lave.
Aussi les gais coteaux chargés de pampres verts
Étalent fruits et blés au soleil qui les dore ;
Tout est joie au dehors, tout est paisible encore,
Et d'un azur riant les vastes cieux couverts
Semblent vouloir donner l'insouciance au monde.
Mais voici que bientôt le cratère qui gronde
S'entr'ouvre en rugissant et vomit tout à coup
La fumée et le feu de sa gueule profonde.
Une immense terreur se propage à la ronde,
La ruine et la mort apparaissent partout.
Adieu, coteaux, vallons où tout était en fête !
Tous les êtres vivants, dans leur repos troublés,
Courent pour dérober leur front à la tempête.
L'Océan a frémi, les cieux se sont voilés ;
Et la cendre et la pierre, et l'eau que rien n'arrête,
Des plus hauts monuments ont dérobé le faîte :
La terre, ensevelie en ce morne linceul,
Ne présente partout que spectacles de deuil.
Et la ville joyeuse assise dans son havre,
Avec ses bruits, ses cris, le mouvement du port,
Les clameurs des passants, n'est plus qu'un noir cadavre
Où se sont accroupis le silence et la mort !

Sous ses lambris dorés et sous l'éclat des lustres

Le salon de l'hôtel était resplendissant.
Tout ce qui porte un nom noble ou retentissant,
Les talents les plus hauts, les fronts les plus illustres,
Artistes, députés, l'un l'autre se pressant,
Venaient à la marquise apporter leur hommage.
En robe de velours, assise et s'éventant,
Elle répond distraite aux compliments d'usage :
Ses yeux ne quittent pas la porte d'un instant.
Des laquais galonnés circulent. On entend
Dans le bourdonnement des propos qui commence
Le bruit sourd des coupés s'arrêtant dans la cour.
Un huissier à la porte annonce, et tour à tour
C'est un grand médecin, prince de la science,
Un juge, un général, un célèbre avocat,
Aujourd'hui député, demain homme d'État ;
Puis du noble faubourg la pure quintessence ;
En un mot, tout Paris afflue en ce salon.
Déjà des invités le flot circule et roule,
Lorsque, sans éveiller aucune attention,
Philibert se présente et se perd dans la foule.
A mesure qu'on cause et que le temps s'écoule,
Que quelqu'un intervient, la conversation
Devient plus animée et plus universelle.
Les voix haussent de ton, tout le monde s'en mêle,
Lorsque la politique entre en jeu brusquement ;

Car sur le ministère et le gouvernement
Chacun a sa remarque à faire et sa critique,
Dès lors que l'entretien tourne à la politique,
Et chacun croit devoir donner son sentiment.

Or, dans cette soirée à jamais mémorable,
Où de notre pays le destin s'agita,
Où chacun, en peignant notre état déplorable,
Offrit son aide et dit son mot, — on discuta
Tour à tour monsieur Thiers et monsieur Gambetta.
D'abord il fut admis et de tous sans réplique
Qu'on ne pourrait jamais fonder la République,
Vu que, bonne, il se peut, chez d'autres nations
Qui n'ont pas le passé glorieux de la France,
Cette forme ne peut nous donner l'assurance
De détourner le cours des révolutions,
Qu'elle n'offre jamais qu'une courte espérance,
N'étant pas dans nos mœurs et nos traditions,
Et qu'on voit qu'il nous faut la forme monarchique,
Comme la plus logique et la moins despotique,
Quand on lit notre histoire avec attention.
C'est ainsi qu'on en vint, d'une pente insensible,
A parler, — son retour paraissant très-possible, —
Du comte de Chambord et de la fusion,
Et que tous d'une voix infligèrent un blâme

Au comte de Paris, aux princes d'Orléans,
Chacun se demandant ce qu'ils faisaient céans,
Alors que, déployant la royale oriflamme,
Le devoir leur dictait d'aller se ranger tous
Autour du même chef, pour eux plein de tendresse,
Et, lui vouant leurs bras, tombant à ses genoux,
De faire qu'au milieu de nos cris d'allégresse,
Pour le salut commun il revînt parmi nous !

Or, Philibert, debout et gardant le silence,
Dans un coin du salon écoutait ces débats,
Ne marquant son dédain et son impatience
Que par des mouvements de l'épaule et des bras.
Ces propos, on eût dit, ne le contentaient pas.
C'est alors, l'occiput renversé sur son siége,
Que le comte de B. aperçut son manége,
Et, sans se déranger, tournant vers lui les yeux :

« Vous brûlez du désir de prendre la parole,
Jeune homme qui restez là-bas silencieux ?
Si vous savez pourtant quelque chose de mieux
Que ce qu'a pu trouver tout ce monde frivole
Pour sauver le pays du mal qui le désole,
Dites-le ! Le cacher serait peu gracieux
De la part d'un savant.. et d'un maître d'école ! »

De la tête au talon Philibert le toisa :
Il allait s'emporter, mais il se ravisa,
Et, faisant tout à coup trois pas vers l'assemblée,
Qui se sentit soudain profondément troublée
Devant son fier regard, et devant la clarté
Qui semblait de son front rayonner à la ronde,
D'un coup d'œil circulaire embrassant tout le monde,
Voici comme il parla d'un ton d'autorité :

« Vous me faites pitié, vous tous tant que vous êtes,
Ministres, députés, avocats et poëtes,
Médecins qui cherchez un remède à ses maux,
Alors que, moribond, gangrené jusqu'aux os,
Le pays va demain descendre dans la tombe !
Qui voulez le farder au moment qu'il succombe !
Qui lui cherchez un maître, et qui ne voyez pas
Qu'un seul le revendique et que c'est le trépas !
Que toute force en lui décroît, s'épuise et tombe,
Et que la mort le guette et s'avance à grands pas !...
A son front que déjà l'ombre épaisse environne,
A quoi sert d'imposer, s'il doit tomber demain,
Le bonnet phrygien ou la vieille couronne,
Et qu'il tienne le sceptre ou l'équerre en sa main ?
A quoi sert de jeter au dos de ce fantôme
L'immonde carmagnole ou le royal manteau,

S'il doit demain, tout nu, s'en aller au tombeau,
Et si de son trépas tout est un clair symptôme?
S'il n'a plus au dedans que vers et débris;
Si l'éclat du dehors n'est qu'un dernier mensonge,
Si le cœur ne bat plus, si la lèpre le ronge,
Et si, de pied en cap, tous ses membres pourris,
Se déchirent entr'eux dans des accès de rage,
Et, réveillant des maux la cuisante chaleur,
Ne font que prolonger ses heures de douleur.

« Du beau pays de France est-ce pas là l'image?
N'est-ce pas à pleurer de vergogne et d'effroi?
Mais ouvrez donc les yeux! voyez! et dites-moi
Si, membres gangrenés d'un corps en pourriture,
Des Français d'à présent j'ai forcé la peinture?
S'il est encor chez nous quelque antique vertu,
Quelque vieille croyance, un seul pouvoir au monde
Qui ne soit ébranlé, qui n'ait été battu,
Et que n'ait pas atteint le scepticisme immonde?
Si sur tous les sujets on n'a pas divagué,
Homme et chose, si tout n'a pas été blagué,
Et si nous n'errons pas dans une nuit profonde?..
A peine si le prêtre a conservé sa foi,
Et si le magistrat croit encore à la loi!
Si le soldat qui tient dans la main son épée

Ayant vu si souvent sa bonne foi trompée,
Est sûr que son honneur sortira triomphant
D'une cause confuse et que son bras défend!
Le poëte qui voit des hommes de délire
Prodiguer leur mépris aux choses d'autrefois,
Se ruer sur le trône, insulter à la croix,
Et ne rien respecter de tout ce qu'il admire,
Préférera briser les cordes de sa lyre
Que de mêler son chant à leur profane voix!
Honte de notre temps, voici le journaliste,
Jetant chaque matin sa pensée en lambeaux,
Jonglant sur un sujet comme un équilibriste!
Quelle conviction à ce jeu-là résiste
Et qui peut y garder ses rêves les plus beaux?
Enfin, derrière lui, moulins à bavardage,
Viennent ces avocats, ces futurs Mirabeaux,
Qui, dans la politique allant en maraudage,
Désertent le prétoire, et dans les carrefours,
Pleins de l'âcre désir d'arriver à la Chambre
Et jaloux des succès des hommes de Septembre,
Ameutent les passants par leurs fougueux discours!
C'est aux plus violents qu'échoira la puissance,
A ceux qui promettront, sauf à ne rien tenir,
Au public hébété le plus de jouissance,
Le plus menteur bien-être et la pire licence!...

C'est à ceux-là pourtant qu'appartient l'avenir !
Honneur et probité, tout s'enfuit en déroute !
La vertu maintenant se mesure au compas !
Tout cœur prudent s'abstient, tout honnête homme doute,
Les coquins marchent seuls et seuls n'hésitent pas,
Et les ambitieux leur emboîtent le pas !
Ils s'en vont racolant çà et là sur leur route
Tous les déguenillés et tous les meurt-de-faim
Qui, prenant un fusil afin d'avoir du pain,
De braves combattants grossissent leurs phalanges !
Ainsi quand le pays n'est qu'un cadavre affreux,
Et qu'ils ont assouvi leurs appétits étranges,
Les vers qu'il a produits se dévorent entr'eux !
Nous ne sommes plus bons qu'à jeter aux vidanges !
Et du cloaque infect où tout s'en va finir
Nos débris fumeront les champs de l'avenir ?

« Commune ou République, Empire ou Monarchie,
Pour fonder quelque chose, il faut d'autres vertus !
Rien ne doit prévaloir, — si ce n'est l'anarchie, —
Parmi tant de projets si souvent débattus !
D'ailleurs tous ces grands mots ne sont plus que de forme.
Être ceci, cela, n'est que sottise énorme
Et qu'immense bévue au solennel moment
Où la dernière lutte et la grande bataille

Est entre l'honnête homme et la pire racaille !
Il faut dans les deux camps choisir absolument,
Et, son choix arrêté, marcher résolûment !
Car si les bons voulaient oublier leurs querelles,
Et, faisant taire en eux leurs haines éternelles,
Quand le devoir est là, ne pas courir ailleurs ;
Si de l'ambition ils repoussaient l'amorce ;
Dans le commun danger s'ils unissaient leur force,
La victoire pourrait demeurer aux meilleurs !
Et bientôt, dans la France où la lutte s'apaise,
On pourrait respirer pour quelque temps à l'aise !
Mais personne ne croit le danger imminent.
Chacun fait des projets et vaque à ses affaires,
Sans plus se soucier des terreurs de naguères.
Eh ! qui donc parmi nous se souvient maintenant
De ces tableaux affreux d'horreur et de misère,
Que Paris nous offrait ne voilà pas deux ans :
L'émeute succédant à la guerre étrangère
Et promenant partout sa torche incendiaire,
Et dans leur propre sang tous les Français gisants !...

« Puisqu'un si noir forfait n'a pas laissé de trace,
Et que l'oubli l'absout et que le temps l'efface,
Il vous faut, braves gens, de plus dures leçons,
Près de qui celles-là ne seront que chansons !

Qu'après les monuments et les châteaux des nobles
On brûle la chaumière, et que des mains ignobles
Saccagent les vergers et rasent les moissons!
Il faut que l'on s'en prenne à tout ce qui possède,
Et que celui qui croit ne devoir craindre rien,
Effrayé pour le coup et tremblant, crie à l'aide!
Que chacun soit atteint dans sa vie et son bien!
Que les innovateurs démasquent leur audace,
Et que dans le pays, de l'un à l'autre bout,
Nivelant tout au sol, ne laissant rien en place,
N'entassant que ruine où leur colère passe,
Rien ne soit respecté, rien ne reste debout!
Il faut qu'un jour, traqué comme une bête fauve,
Témoin de mille horreurs qu'il ne soupçonne pas
Et devant l'ennemi reculant pas à pas,
Jusqu'au fond des forêts l'honnête homme se sauve,
Et que là, seul enfin et descendant en lui,
Il se reproche alors sa torpeur d'aujourd'hui. »

Philibert épuisé fit une courte pause.
Et toute l'assemblée, soucieuse et morose,
Resta silencieuse en attendant la fin.
Moins surpris d'un discours dont chacun s'émerveille,
Seul le comte de B., se penchant à l'oreille
D'un médecin présent, — lui demanda soudain :

« Docteur, qu'en pensez-vous ?

       — J'en jure par ma robe
Et par la Faculté, répondit-il tout bas,
Un chien l'aura mordu, cet homme est hydrophobe !
On peut penser ceci, mais on ne le dit pas.
D'ailleurs l'expérience est très-facile à faire :
Marquise, veuillez donc lui présenter de l'eau. »

  Comme un laquais passait qui portait un plateau,
La marquise y saisit la carafe et le verre
Qu'elle remplit si bien qu'il déborda par terre,
Et jusqu'à Philibert elle marcha sans peur.

  « Vous pérorez fort bien, mais l'éloquence altère,
Dit-elle en souriant ; buvez, bel orateur ! »

  Philibert prit très-mal cette plaisanterie,
Et crut y deviner un ton de raillerie.
Aussi fit-il sauter d'un revers de sa main
Le verre qu'en riant lui tendait la marquise,
Puis, comme non content d'une telle sottise,
Lui saisissant le bras et l'enlaçant soudain :

  « Si vous voulez connaître un front qui soit infâme,

Voyez ! s'écria-t-il, regardez cette femme !
Elle m'avait juré, s'étant donnée à moi,
Jusqu'au jour de sa mort de me garder sa foi !
Mais son cœur misérable a perdu la mémoire,
Et la voilà qui rit de sa trahison noire.
Ses regards n'ont pour moi que mépris et dédain.
J'ai pourtant possédé ces yeux et cette main,
Ces lèvres m'ont donné des baisers pleins d'ivresse,
Cette main m'a versé des trésors de tendresse,
Et ce cœur oublieux qui ne bat plus pour moi,
Brûlant pour son amant d'une éternelle flamme,
Jusqu'au trône de Dieu devait porter sa foi !...
Fiez-vous maintenant aux serments d'une femme !

— Notre cas, cher docteur, est jugé, n'est-ce pas ?
Dit le comte de B... Que reste-t-il à faire ?

— Il reste à l'étouffer entre deux matelas. »

Aussitôt dit que fait, ce ne fut que l'affaire
D'un instant. On avait des mains du furieux
Délivré la marquise entièrement pâmée,
Et qui sur un sopha s'était, inanimée,
Doucement étendue en fermant ses beaux yeux.
Alors quatre laquais de superbe stature

Roulèrent Philibert dans une couverture,
Où, ne pouvant bouger les pattes ni les bras,
On entendait sa voix retentir par éclats.
Cependant, s'élançant dans les chambres voisines,
Culbutant chaque lit, déchirant les courtines,
Chacun était allé chercher un matelas;
Et bientôt Philibert disparut sous le tas.
Mais on eut de la peine et de la tablature
Pour en finir; la vie en lui paraissait dure;
Toujours il remuait et pérorait encor.
Et tous, venant sur lui donner de la semelle,
Piétinaient et dansaient et suaient à l'effort.
Aussi ce fut un cri de joie universelle,
Quand le docteur leur dit d'une façon formelle
Qu'ils pouvaient s'arrêter et qu'il était bien mort.

EPILOGUE

ET de tous les rêveurs voilà quel est le sort !

Février 1873.

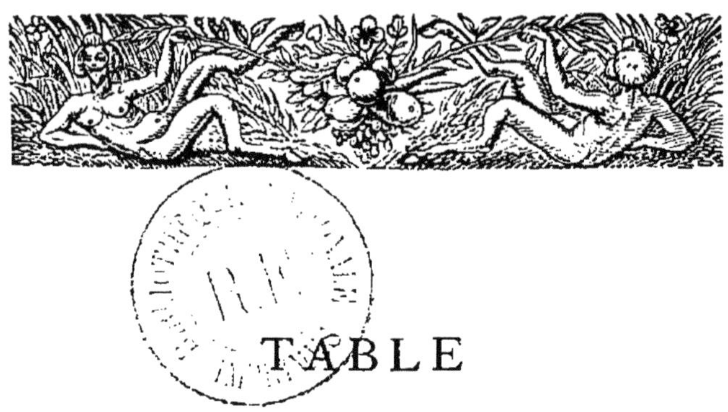

TABLE

Imprimé à Paris

PAR D. JOUAUST

Rue Saint-Honoré, 338

LIBRAIRIE ALPHONSE LEMERRE

27-29, PASSAGE CHOISEUL, 27-29

DU MÊME AUTEUR :

DONANIEL, poëme, un vol. in-16 raisin sur papier de Hollande, avec une eau-forte de L. Flameng. . . . . 3 fr.

GUL, poëme, un vol. in-16 raisin sur papier de Hollande, avec une eau-forte de L. Flameng. 3 fr.

JEANNETTE, poëme, un vol. in-18 . . . 3 fr.

YOLANDE, roman, un vol. in-18 . . . . 3 fr.

Paris, imprimerie Jouaust, rue Saint-Honoré, 338.

www.ingramcontent.com/pod-product-compliance
Ingram Content Group UK Ltd.
Pitfield, Milton Keynes, MK11 3LW, UK
UKHW020908120726
13693UKWH00003B/949